まるせい
ill チワワ丸

生《いけ》贄《にえ》になった俺が、なぜか邪神を滅ぼしてしまった件3

モンスター文庫

サラ

アリシア

ディープ
リノン

モンスター文庫

おい、外れスキルだと思われていた
チートコード操作が化け物すぎるんだが。
1
どまどま
画 福きつね
18歳になると誰もがスキルを与えられる世界で、剣聖の息子アリオスは皆から期待されていた。間違いなく《剣聖》スキルを与えられると思われていたのだが……授けられたスキルは《チートコード操作》。前例のないそのスキルはゴミ扱いされ、アリオスは実家を追放されてしまう。だがその外れスキルで、彼は規格外なチートコードを操れるようになっていた！　幼馴染の王女もついてきて、彼は新たな地で無自覚に無双を繰り広げていく！
モンスター文庫

発行・株式会社　双葉社

生贄になった俺が、なぜか邪神を滅ぼしてしまった件③

まるせい

MONSTER
bunko

CONTENTS

プロローグ

私は考える。

過去の私は〝最善〟を選択できていたのだろうか？

彼が孤立していた時、彼が両親を失ってしまった時、彼が生贄の儀式の前夜に会いに来てくれた時、私にはもっと何かできたのではないかと考えてしまう。

彼が孤立していた時、私は彼を独占できることに喜びを感じ、周囲との仲を取り持つことはしなかった。

彼が両親を失ってしまった時、私は彼を慰めながら、心のどこかで彼に寄り添える口実ができて安心していた。

彼が生贄の儀式で会いに来てくれた時、私のために危険を冒してくれたと感じ、喜んでしまった。

一つ一つ思い返すと、私はとてもずるい人間なのだと気付かされる。

彼のことが大切で愛おしいと感じる一方で、心の中では他の人間に彼の魅力が伝わらずに、いつまでも独占できたらと考えている。

そして、そんな歪んだ感情は、成長した今も胸の内で大きくなり続けている。

もし彼にこの気持ちを伝えたら、どうなるだろうか？
もし彼に「私だけを見て欲しい」と言ったら、なんと返事をするだろうか？
彼がどう答えるかは知っているというのに……。
それでも、私は今日も一人、考え続けるのだった……。

一章

「だからっ！　御主人様から離れるのですっ！」

目の前ではルビー色の瞳をした女の子がエルトの腕へと抱き着いている。頭を揺らすたびにライトグリーンのツインテールが陽の光を浴び、キラキラと輝く。

彼女の名前はマリーと言う。可愛らしい見た目からは想像もつかないが、エルトが契約している風の精霊王だ。

「そちらこそ！　エルト様から離れてくださいっ！」

逆の腕に抱き着いているのは、透き通るような薄桃の髪にアメジスト色の瞳、幼い容姿のわりに意志が強そうに見えるのは、吊り上がった眉のせいだろう。彼女は私たちが住んでいたイルクーツ王国の第二王女、ローラ様。とても頭が良く、強力な魔法を使える大賢者だ。

「だからお前たち、くだらないことで争って俺の腕に抱き着くのを止めろ！」

真ん中で困った顔をしているのが私の想い人、エルト。

数ヶ月前、彼は私の身代わりとして邪神の生贄になり、その邪神を返り討ちにして生還した。

再会した時には恐ろしい力を身に付けていて、その後、神殿から【聖人】の称号を与えられ、名実ともに世界が注目する要人になっていた。

さらに、今回は悪魔族が仕掛けてきた謀略を退けてしまったことから、益々名声が高まり、彼の周囲にはより多くの人が集まるようになっている。

「ローラ、あまりエルト君に迷惑を掛けるんじゃないわよ」

テーブルを挟んで私の正面に座っている女性がローラ様に向かって注意する。彼女も最近になりエルトと行動を共にするようになった一人だ。

彼女はイルクーツ王国第一王女、アリス様。完璧なプロポーションと、誰もが魅了される笑顔の持ち主だ。

その上、自分に厳しく【剣聖】の称号を持ち、国内外に敵がいない程の剣の腕前らしい。私にとっては憧れの存在でもある。

縁あって、イルクーツからここまでの旅を共にしてきたが、同じ女性としてどうしてこうも違うのかと疑問を覚えずにはいられない。

「本当にもう。ごめんなさいね、あの娘も悪気はないのだけど……」

「いえ、以前のローラ様に比べて明るくなられたようなので良いかと思います」

柔和な笑みを浮かべ私に謝るアリス様。その微笑みは知り合ったころよりも優しく、どこか艶を感じさせる。ローラ様も以前に比べて張りつめた雰囲気はなくなり、年相応の振る舞いを見せるようになった。

この二人の雰囲気が変わったのは、エルトの影響が大きいに違いない。

数ヶ月前、グロリザルの気候問題を解決するため、国の西にあるカストルの塔へと赴いた。

そこには悪魔族の罠が仕掛けられていたのだが、エルトはその企みを打ち破ったばかりか、アリス様とローラ様の仲まで修復したらしい。

そんなわけで、エルトを慕うようになったローラ様と、彼に懐いているマリーちゃんがポジションを譲るまいと争っているのだが……。

「二人ともいい加減にしなさい！　ここをどこだと思っているのよ！」

最後の一人の登場だ。

背中まで流れる銀髪に銀の瞳、尖った耳を持つ、どこか幻想的な雰囲気を持つ少女。現在の私にとって最大の恋のライバルでもあるエルフのセレナだ。

私とセレナはどちらもエルトに告白をしており、お互いがエルトに対して好意を抱いていることを知っている。抜け駆けをしないように協定を結んでいるのだが、物怖じしない性格の彼女は、放っておくと無自覚にエルトとの距離を詰めようとするので、油断ならない。

「マリーは悪くないのです、ローラが離れないのがいけないのです！」

「そちらこそ、エルト様が困っているではないですかっ！」

そんなことを考えている間にも、二人の言い争いは益々ヒートアップしていく。

ここは滞在しているグロリザル城の中庭で、現在、エルトは実験のため、土を掘り起こして準備をしている最中だった。

なんでも「農業スキルの新しい使い方を思いついた」とのことらしいのだが、彼が立っている前の地面は水が撒かれており、ぬかるんでいる。

二人の言い争いを見かねたセレナが、とうとう実力行使に出た。

「良いから離れなさいってのっ！」

セレナはエルトの前に立つと、マリーちゃんとローラ様の手を引っ張った。

「きゃっ！」

「わっ！　なのです」

「えっ？」

それ程強い力を入れたわけではないのだろうが、言い争いに夢中になっていた二人は、予想外の力が加わったことでバランスを崩してしまい、セレナの方へと倒れていく。

「ちょ、ちょっとぉ！」

セレナの焦る声が響き、三人は揃ってぬかるみへと顔面から突っ込むのだった。

★

「まったく、とんだ災難だったわ」

エルトにちょっかいを掛ける二人を引き離そうとしたところ、巻き込まれてしまい泥まみれになってしまった。

「お前が御主人様の手を離さなかったからいけないのです」

「そちらが離したらローラだって離しました。自分のことを棚に上げないでください」

ここはグロリザル王城の大浴場。私たちは先日の悪魔族による事件で陰謀阻止に貢献したので国賓待遇を受けている。そのお蔭で脱衣場にはローラとマリーちゃんと私の三人だけしかおらず、こうして人目を気にせず振る舞うことができた。

二人は文句を言いつつ服を脱ぐと、喧嘩をしながら大浴場まで移動した。

純金製の竜の口からお湯が流れ出ている。風呂の中に様々な種類のハーブが入った袋が浮かんでおり、湯気から漂ってくる香草の匂いに懐かしい気分になる。

このお湯は天然の温泉らしく、浸かると美肌効果や怪我の治療促進の他に魔力回復などの効能があるらしい。

「セレナ、お願いしてもよろしいでしょうか？」

洗い場の椅子にローラが腰掛ける。彼女は振り向くと、少し恐縮した様子で私に頼みごとをしてきた。

「髪を洗うくらい構わないわよ」

私はローラの後ろに立つと洗髪剤を泡立て、薄桃色の髪を洗い始める。彼女は髪が長いので、見えない部分の洗い残しが気になるらしい。

「こんな感じで大丈夫？」

なるべく優しく、髪にそって洗っていく。

「ええ、ありがとうございます。とても気持ち良いです」

ローラは目を閉じると穏やかな声を出した。

それにしても髪を洗って欲しいとお願いされるなんて随分と打ち解けたものだと思う。

出会ったころのローラは、今のように他人に甘えるようなお願いをする娘ではなかったからだ。

「ローラは人に触れられるのが好きだと気付きました。お姉ちゃんやエルト様、セレナに触れていただけるのが嬉しいのです」

「そう言われると悪い気はしないわね……」

甘えてくる様子を見て頬が緩む。自分に好意を寄せてくる相手を可愛いと思わないわけがないのだ。

「むーっ！　セレナ！　マリーの髪も洗うのですっ！」

対抗心が芽生えたのか、マリーちゃんがローラの隣へと座る。

「あっ！　ローラの真似しないでくださいっ！」

「セレナもマリーのものなのですっ！」

先程までの人懐っこさはなく、マリーちゃんとの喧嘩を再開する。

「はいはい、わかったから。マリーちゃんはもう少し待ちなさい」

私がそう言うと、マリーちゃんは頭に着けているうさ耳を外した。

「そう言えばあなた、そのうさ耳外せるんでしたね？　どうしてわざわざそんな物を身に着けているのですか？」

ローラは横を向くとマリーちゃんのうさ耳に興味を持った。

「マリーは邪神の呪いで獣人にさせられてしまったのです。だけど呪いをかけられている途中で逃げたので中途半端に尻尾しか変化しなかったのですよ。バランスを考えて自前で用意したのがこのうさ耳なのです」

自慢気に、その大きな胸を張って説明する。

「しかも、ただのうさ耳ではないのですよ、このうさ耳は魔導具にもなっていて、遠くから近寄る敵が発する音を聞き分けることができるのです」

「あら、それはなかなか便利ですね。今度貸してください」

「何に使うのです？」

「それがあれば、ローラはあなたの動きがわかるし、あなたはローラを発見できなくなるじゃないですか？」

遠回しにマリーちゃんを敵認定しているローラに私は戦慄を覚える。

「ほぇ？　どう言うことなのです？」

言葉の意味を理解できなかったのか、マリーちゃんは首を傾げた。教えてしまうと喧嘩が長引きそうなので私は無言を貫く。

「はーい、ローラはこれでお終い。次はマリーちゃんを洗うわよ」

「よろしく、なのですよー」

私はマリーちゃんの後ろに立つと洗髪料を手に付け、彼女の髪に触れる。

鮮やかな緑の髪が目に飛び込んでくるが、違和感を覚えるのは、彼女が普段身に着けているうさ耳を外しているからだろう。

「んふふふふ、気持ちいいのです」

人懐っこい動物のように彼女は私へともたれかかってくる。

「ちょ、ちょっと。身体に泡が付くじゃないっ！」

甘えるような仕草に私は抗議するのだが、次の瞬間恐ろしいモノを目撃して黙り込んでしまう。

「ローラじゃないけど、こうして洗ってもらうのは気持ち良いのです」

仰け反ったマリーちゃんは目を閉じているので私の顔を見ていない。そのせいで、私は益々マリーちゃんのそれに視線が釘付けになる。

「ふぅ、すっきりしました。セレナ、それじゃあ先にお湯に浸かっていますね」

「え、ええ……」

気を取られていたところ、ローラが立ち上がり私の方を向く。頭から泡を流したため、雫が髪から肌へと流れ落ちているのだが、雫を追う内にいつの間にか私の視線はローラが持つあるモノへと集中していた。

「セレナ、手が止まっているのですよ？」

「どうかしましたか、セレナ？」

マリーちゃんとローラの双方の瞳が私へと向けられる。

「な、なんでもないわ……」

私は二人が主張する四つのモノと自身の胸についているなだらかなモノを見比べると、二人との圧倒的な戦力差を悟られないように、手が震えるのを抑えることしかできなかった。

★

「ようやく、落ち着いて作業ができるな」

最近、なぜかローラが俺をよく訪ねてくるようになった。まるでアリスに向けるような親しみのこもった顔で俺に接してくる。

そのせいで、マリーが不機嫌になるのだが……。大体いつもセレナが間に入って仲裁する流れができあがりつつある。

セレナはエルフだけあって精霊の扱いに慣れている。さらに、人族の立場によるしがらみにも囚われていないので、王族のローラにも対等の振る舞いをする。彼女もセレナの言うことは素直に聞いていた。

三人が泥だらけになって退場したことで余裕ができた俺は、農業スキルの実験を行うことにした。

手の中に持った〝ある物〟を砕いて乾燥させた粉末を土に満遍なくばら撒く。そして、普通の種に成長促進のスキルを使い、土の上に落とす。

そして、少し離した場所には成長促進のスキルを使わなかった種を落とした。

次の瞬間、成長促進のスキルを使った種はものすごい勢いで成長し、あっという間に花をつけた。

「すご……、エルト君のスキルだとここまで短時間で成長するのね」

気が付けばアリスとアリシアが近くで様子を見ていた。

「いや、今のはちょっとした実験でな」

成長促進は注ぎ込んだ魔力によって植物の成長を促すのだが、それだけではここまで成長しない。

今回はそれに加えて、土にも栄養を与えることで成長をより加速できるのではないか試してみたのだ。

「エルトの実験……。またろくでもないことを思い付いたんでしょう？」

アリシアが呆れた瞳を向けてきた。幼いころから接しているからか、こういう視線を向けられると懐かしさや後ろめたさで複雑な心境になる。

「これ以上は聞かないことにするわ、あまり秘密を知るのは良くないもんね」

アリスが何やら察したのか遠い目をしている。以前、ドゲウに記憶を探られて俺の弱点を知られてしまったことを気にしているのだろう。

今回は、戦闘に関わることではないので別に構わないのだが……。

俺が行ったのは【ステータスアップの実】と【虹色ニンジン】を乾燥させて混ぜ合わせた粉末を地面にばら撒き、作物の成長がどうなるか観察する実験だった。

以前戦ったアークデーモンから、この二つのアイテムを組み合わせるとステータスアップ効果を倍増できると聞いたことがある。

見栄えの悪い野菜を砕いて土の栄養にするのは、過去に働いていた農場の畑作りでもよくやっていた。

この方法なら俺が種に魔力を込めずとも、粉末にして植物の栄養剤として利用することが可能なのではないだろうかと思ったのだ。

そんなことを考えながら、成長促進のスキルを使っていない方の種を見る。

芽が出るなどはっきりわかる変化がないことから、少し経過を観察する必要がありそうだ。

俺がそう判断したところでアリスが話し掛けてきた。

「そうだ、エルト君。この後空いてないかしら？」

アリスはそう言うと腰の剣に手で触れる。それだけで彼女が何を望んでいるのか察することができた。

「またか？　まあいいけどな」

カストルの塔から戻って以来、アリスはこれまで以上に鍛錬に力を入れるようになった。

彼女は強いので生半可な相手では訓練にならず、剣で打ち合える俺をよく指名してくるのだ。

「やったぁ！　それじゃあ早速行きましょう」

何が嬉しいのか笑みを浮かべると、近付いてきて俺の右腕を抱き寄せ訓練場に向かおうとする。

距離が近く、彼女の胸の柔らかさを腕に感じ、意識してしまっていると……。

「コ、コホン‼」

アリシアが咳払いをするとアリスがぱっと離れる。

「どうした、アリシア？」

眉間に皺を寄せ、険しい表情を浮かべている。彼女は俺とアリスを順番に見て、しばらくすると、まるで何事もなかったかのように笑った。

「ううん、何でもない。それよりエルト、アリス様を怪我させないように気を付けるんだよ」

すぐさま真面目な顔で、俺に忠告してくる。アリシアにとってアリスは仕えるべき主人でもあり、仲の良い友人でもあるので純粋に心配していたのだろう。

「……その言い方だと私が負ける前提なのだけど、アリシア？」

負けず嫌いなアリスは半眼になるとアリシアをじっと見つめ、真意を問うた。

「あっ、そういえば私。街の教会でお手伝いする予定があるんでした」

失言に気付き、アリシアはポンと手を叩くとそそくさとその場を離脱する。

「見てなさいよ、そのうちエルト君を倒して見せるんだからねっ！」

アリシアの言葉で火が付いたのか、肩に力を入れ、憤りを言葉にするアリス。彼女はやる気に満ち溢れており、いつもより気合いの入った目で俺を見ていた。

俺は溜息を吐くと、どうやら今日の訓練は激しいものになりそうだと覚悟を決めるのだった。

★

グロリザル城の門を出て一人で街を歩く。

この国に滞在するようになってから数ヶ月が経過した。降り積もっていた雪も徐々に溶け、厚着をしなくても外出できるくらいには気温が高くなってきた。

「もうすぐ春になるのね」

この国は寒く、冬の間は氷雪に閉ざされてしまう。事件が解決したころには既に冬期が迫っていたため、私たちはイルクーツへの帰国を諦めグロリザルに滞在していた。

城下市場には開いている店がチラホラ見かけられるようになってきた。

雪解けとともに物流が徐々に良くなり、新たに流入した物資目当てに買い物を楽しむ人間がところどころ歩いている。

私も興味を持ち、何気なく店に置かれている野菜を見てしまう。

濃い緑色をしたピーマル。この野菜は癖が強く、生のままかじると口の中一杯に苦味が広がる。イルクーツでよく育てられている野菜の一つだ。

エルトはこれが苦手で、昔から食事に出されるたび私が代わりに食べていたので、思い出すと自然と笑みが浮かんでしまった。

エルトは元々人に気を許す人間ではないのだが、私にだけは些細なことでも頼ってきてくれたので、ピーマルが嫌いというのは私くらいしか知らないだろう。

私が思い出を懐かしみながら教会を目指して歩いていると、広場に人だかりができていた。

私は何気なくその人だかりに近付いて見ると、そこでは新聞が売られていた。

新聞を広げている人間の会話から推測するに、要人の恋愛記事でも載っているのだろう。

閉ざされた場所で生活していると退屈しがちで、何か新しい情報が入ると娯楽としてあっという間に広まってしまう。それが高い地位の人間の恋愛となれば周囲も注目せざるを得ない。

私もそう言った情報に興味があったので、早速新聞を購入して記事に目を通して見る。すると、そこには良く知っている人物の名前が並んでいた。

『いやー、まさか聖人様がイルクーツの王女様方やエルフの少女、それに正体不明の少女と熱愛中とはな……』

『いずれも滅多に見られないくらいの美人ときたもんだ。聖人様はおモテになるっ！』

『今のところは積極的にアピールしているローラ様と正体不明の少女らしいな、アリス様とエルフの少女が控えめにアピールしているとか』

『いやいや、既にイルクーツでは帰国に合わせて結婚式の準備を進めているらしいから、アリス様だって十分可能性はあるだろ』

記事の内容はエルトと、彼を取り巻く女性の相関図が面白可笑しく書かれていた。

アリス様とローラ様はこの国でも有名なので実名で。セレナとマリーちゃんは最低限の情報のみで経歴は不明となっている。

城内での目撃情報を元に、誰がエルトとくっつくのか予想がされており、新聞を買った人間はその予想を面白おかしく揶揄していた。

いつの間にか手に力が入っていて新聞の端がくしゃくしゃになる。記事を何度読み返しても私の名前を見つけることができなかった。

胸の内に暗いものが溢れるのを感じる。

「……これじゃ、私が部外者みたいじゃない」

最初にエルトに出会い、これまでずっと彼の傍にいたのに……。

気が付くと悔しさで肩が震えていた。


「………さん。……アリシアさん？」

「えっ、なんでしょうか？」

目の前には神官服を身に纏った初老の女性が立っている。この教会を仕切っている神官長だ。

「今日の仕事が終わったから声を掛けたのだけど……どこか調子が悪いのかしら？」

人の営みが活発になると教会も忙しくなる。外に出て怪我をした人間が教会に運び込まれるので治癒魔法の使い手が足りなくなるのだ。

治癒魔法を使える人間はそれほど多くなく、各教会に一人か二人いれば良い方なので、私は定期的にこの教会に手伝いをしに来ていた。

「えっと、患者さんは……？」

私が恐る恐る聞いてみると、神官長は呆れたのか大きな溜息を吐いた。

「集中して治癒を行っていると思っていたのだけど、どうやら上の空だったのね？」

「す、すみません……」

おぼろげに自分が診察していたのを思い出す。だが、考え事をしていたせいで、どのように治癒を行ったのかまでは覚えていない。

「【万人の癒し手】を持つだけはあるわね。注意力は散漫だったみたいだけど適切な処置をしていたようなので、そこは問題ないわ」

私のユニークスキル【万能の癒し手】は、その時一番必要な治癒を相手に施すスキルだ。そのお蔭でぼーっとした状態でも問題なく治療はできていたようだ。

「ですがアリシアさん。女神ミスティは常にあなたのことを見ています。たとえ誰も気付かなくとも、ミスティだけはあなたの心の隙を知っています。それを忘れないように」

神官長は厳しい顔でそう言うと、治療室を出ていくのだった。

★

「急に呼び出すなんて、イルクーツで何かあったのかしら?」

部屋に入った私は訝しみながら周囲を見渡す。と言うのも、そこにはローラが張った結界があったからだ。

わざわざエルト君から借り受けている『神杖ウォールブレス』まで使い、十三魔将でも盗聴できないようにしていたことから国の機密に触れる話だと判断した。

「ええ、大きな問題があります。お姉様」

普段のように「お姉ちゃん」と口にしないことで、この呼び出しが重要なものだと確信を得た。

息を呑み、ローラの言葉を待つ。妹は相変わらず険しい顔をすると、用件を口にした。

「問題とは、エルト様とお姉様の恋愛事情についてです」

「はい？」

あまりにも予想外な言葉が妹の口から聞こえたので、聞き間違えたのかと思いまじまじと顔を見てしまう。

だけど、ローラは相変わらず真剣な顔をしている。

「こちらを……」

背中に手を回し、取り出した新聞を私に差し出してきた。

「一体何なのよ?」

「いいから読んでみてください」

渡された新聞を困惑しつつ読んでみる。

「何よ、これっ！」

そこにはエルト君を取り巻く女性関係を取り上げたゴシップ記事があった。

「一体どこの新聞なのっ！　抗議してやるっ！」

内容を読みながら憤慨していると、ローラが溜息を吐いた。

「この程度のゴシップは単なる娯楽ですから、真に受ける必要はありません」

ローラは目を閉じると冷静に話を続ける。彼女は徐々に肩の震えを大きくすると目を開けて私を睨む。

「ですがっ！　どうしてエルト様の婚姻相手の最有力候補が、私とマリーになっているのですかっ！」

ローラに言われて改めて記事に目を落とす。するとそこには『色々と世間を賑わせている聖人様。彼の婚姻相手の最有力候補は今のところイルクーツ王国第二王女ローラ様と緑髪をした謎の美少女だ。積極的なアピールに聖人様はまんざらでもない様子』と頭の悪い見出しが書かれている。

「どう言うことでしょうか。お姉様？」

「ど、どうって……何がよ？」

こういう時のローラは何かに怒っている。私はやましい部分から目を背けつつ聞き返す。

ローラは新聞を私から取り上げると、記事の全文を読み上げた。

「『聖人様を取り巻く状況は予断を許さず緊張感を保っている。最有力候補はイルクーツ王国第二王女ローラ様と緑髪の謎の美少女だが、対抗するエルフの少女は夜分に部屋に入って行く姿が目撃されており、より親密な関係の可能性が窺える。一方、イルクーツ王国第一王女アリス様とは剣の稽古くらいの情報しかないことから、ただの稽古仲間である可能性が高い』」

「た……ただの稽古仲間？」

ローラやマリーに一歩先を行かれた上、ゴシップ記事にまで『友情しかない』と書かれていた私はショックを受ける。

「一応確認しますけど、お姉様はエルト様のこと本当に好きなんですよね？」

「そ、そんなの言わなくてもわかるでしょう？」

妹から改めて聞かれると恥ずかしくて顔が熱くなる。

「そんな可愛らしいを顔しても駄目です。だったらもっと積極的になってください。好きな人を剣の稽古に誘うとか、それでアピールしているつもりですか？　エルト様は鈍いので絶対にお姉様の好意に気付いていませんよ？」

まくしたてるローラの言葉が刃となって胸に突き刺さる。自分としても剣を交えて意見を言い合うだけのこの関係は、彼の気を引く方法としてあまり有効ではないのではないかと思っていた。

「だ……だったらどうすればいいのよ？」

これまで他人を好きになった経験がない私には、意中の相手とどのように接すれば良いのかわからないのだ。

私がそんな弱音を吐くと、ローラは微笑んだ。

「そんなお姉様のために、私が作戦を考えましたから」

そう言うと、その内容を私に語って聞かせるのだった。

★

「エルト君、あのポテコとあっちのルッコリも一箱買いましょう」

アリスは腕を引っ張ると俺を店の前まで連れて行った。

「お、おい。あまり目立つような行動はとるなよ？」

「平気よ、変装しているし」

帽子を深くかぶって髪を隠し眼鏡を掛けている。俺も自分の姿を隠すために変装しているのだが、これには理由がある。

先日、新聞で俺と、俺の周りにいる女性たちとの恋愛事情が報道されていたからだ。新聞内容には俺とローラとマリーの仲睦まじい様子が細かく書かれている。記事を読み進めていくと『聖人様は年下好み!?』などと事実無根の内容まであった。

そして、現在俺たちは変装をする羽目になった。

たとえ眼鏡を掛けて帽子を被ったとしてもアリスの美しい顔立ちは目立つ。彼女は口元に手を当て真剣な表情で野菜を見ているのだが、店員はそんなアリスの姿に心を奪われているようだった。

「それにしても、買い出しなら言ってくれれば俺の方で用意したぞ？」

なぜ俺とアリスがこうして市場に来ているのかと言うと、ローラから「そろそろイルクーツに向けて出発する準備が必要です。旅費は王国が負担しますので、エルト様はお姉ちゃんと一緒に買い物をしてきてください」と、半ば強引に外に出されたからだ。

ちなみにマリーも付いて来ようとしたのだが、なぜかローラが呼び止めて喧嘩を始めたので置いてきた。

「エリバンから来る時もこうして一緒に選んだのだから良いじゃない。そ、それに王国が費用を持つ以上、私が一緒にいた方が話を通しやすいし」

何やら焦った様子でまくし立ててくる。だが、彼女がそう言うのならその通りなのだろう。

「まあ、別に構わないけどな……」

ただの買い出しなのにアリスは妙に気合いが入っているように見えた。いつもより洒落た装いで、うっすらと化粧もしているようだ。出発の際にローラが「頑張ってください」と檄を飛ばしていたことから何かしら目的があるのだろう。

「それに、こうして他国の市場を見るのはいい勉強になるからね」

乗り気に見えたのは、グロリザルの市場を見て自国との違いを確かめるためだったようだ。

アリスは将来イルクーツの王位を継いで女王になる予定なので、諸外国の市場調査も必要なのだろう。

「あと、エルト君はスキルでいくらでも荷物を持てるから、私やローラが欲しがっている小物を気兼ねなく買えると言うのもあるわね」

「……それが付いてきた理由か」

思わず苦笑いが出る。彼女は俺の【ストック】がアイテムを無限に収納できることを知っているので、ていの良い荷物持ちとして同行させたらしい。

「ひとまずここらで珍しい食べ物は一通り買ったから、次はお土産かしらね。お父様には何がいいかしら？」

上機嫌で次から次へと土産を購入していくアリス。ときおり俺の身体に触れては意見を求めてくる。そのたびに距離が近付き心臓が高鳴るのだが、アリスもなぜか顔を赤くしている。

体調でも悪いのかと思い、尋ねてみるが問題はないらしく、俺と彼女はその後も買い物を続けるのだった。


日が暮れると品物が売り切れて撤収する店も出てきた。俺とアリスはめぼしい買い物を終え、のんびりと城へ続く道を歩いていたのだが……。

「ねぇ、エルト君。せっかくだから外で食べていかない？」

近くの店から良い匂いが漂ってきて食欲が刺激される。周囲の店が気になっていたのはどうやら俺だけではなかったらしい。

「皆、今頃城で俺たちの帰りを待ってるんじゃないか？」

　特にマリーが腹を空かせながらテーブルに陣取っている姿が想像できる。

「平気よ、ちょっと待ってね……」

　アリスは微笑むと指輪を身に着け、何やら話し始める。あれは【コールリング】という魔導具で、離れた相手と会話をすることができる。

「うんうん、それで私とエルト君は外で食事をして……えっお酒？　少しくらいなら呑むかもしれないけど……そのままお泊り……って馬鹿っ！　き、急に何を言い出すのよっ！　と、とにかく外で食べてから帰るからっ！」

　会話の相手はローラだろう。随分と砕けた話し方になっている。冬の間、二人の仲睦まじい姿を散々見てきたので、コールリングの向こうでローラが笑みを浮かべているのが容易に想像できた。

「それで、何だって？」

　通話を終えて戻ってきたアリスに俺は確認をする。

「う、うん。アリシアたちに伝えてくれるって」

　何やら挙動不審だが、ローラにからかわれたのだろう。

「そっか、それじゃあそこらの店で食べていくか」

俺はアリスを伴うと、近くの店へと入るのだった。

「申し訳ありませんが、ただいま席が埋まっておりまして……」

「ここも駄目なの？」

あれから、いくつかの店に入ってみた俺たちだったが、夕食時ということもあってか満席が多く、いまだに食事にありつけていなかった。

「多分、今の時間はどこの店も席が空いていないかと……」

何店も回っている間にほとんどの店が混雑する時間に突入してしまったらしく、完全に出遅れたようだ。

「どうする、城に戻って食うか？」

流石に無理に入店するわけにもいかない。これから回る店の席が空いている保証がないので、俺はアリスに提案した。

「一度断っているから……今から食事の用意をさせるのは悪いわよ」

頼めば作ってくれるだろうが、城で働く料理人も他に仕事がある。俺たちのせいで手間を増やしてしまうのは申し訳ない。

「とにかく、他に空いている店がないか探しましょう」

俺とアリスがそんな風に相談していると……。

「あの、あちらのお客様が相席で良ければとおっしゃっているのですが……」

従業員がそう告げてきた。

「本当ですか？　助かります」

その提案を聞き、ほっとした。そろそろ落ち着きたかったのだ。

「でも、わざわざ声まで掛けてくれるなんて、随分と親切な人ね」

アリスが警戒するように眉根を寄せる。確かに都合が良すぎるのだが、ここで断れば食事にありつくことはできない。

アリスは怪しみながらも納得すると、従業員が俺たちを席へと案内してくれるのだった。


「どうもすみません、相席していただきありがとうございます」

席に着くと、俺は声を掛けてくれた人物に礼を言う。

「いいえ、困った時はお互い様ですから」

相席を申し出たのは女性だった。年のころは俺と同じくらい。鮮やかな金髪が照明を浴びてキラキラと輝く。何より驚くのはその容姿で、アリスに負けず劣らずの美貌は周囲の目を惹き、彼女の微笑みに心を奪われている客もいる。

「それにしても、まさかこんな場所で再会できるとは思っていませんでした。この御縁を大切にしたいですね」

「えっと、再会って？」

俺が困惑していると、アリスが大きく目を見開いている。

「あなたは……」

「アリス、知っているのか？」

どうやらアリスの知り合いだったらしい。そのお蔭でこうして相席に誘ってもらえたのなら言うことはない。

「お久しぶりです、聖女様」

「はい、お久しぶりです、アリス王女殿下」

「えっ？」

驚きで声が漏れる。

思わぬ人物との再会に俺は驚きを隠すことができなかった。


「それにしても、変装しているのに、どうして私だとわかったのですか？」

アリスは聖女様に小声で質問をする。

日中、誰にもバレなかったのに、どうして聖女様は気付けたのだろう。

彼女はアリスの質問に微笑みながら答えてくれた。

「私は聖人様がこの国に滞在中と知っていましたから、何気なく店の入り口に目を向けたところ、私が渡した首飾りを着けた男性が来たので気付くことができたのです」

なるほど、アリスではなく俺が首から下げている女神ミスティを象った首飾りで特定されたらしい。聖人の儀式で贈られた特別製で、贈った本人なら見分けがつくのも当然だ。

だけど、そうなると別の疑問が浮かぶ。

「どうして俺がこの国にいると？」

さらに質問すると、聖女様は口元に手を当てクスリと笑って見せた。その笑い方が気になる……。

「失礼しました。先日の新聞の記事を思い出してしまって……」

彼女はそこで一旦言葉を区切ると、俺をチラリと見て、

「年下が、好みなのですよね？」

からかうように聞いてきた。

「ちょっと待ってくれ、誤解を解かせてもらえないだろうか？」

俺の名誉のためにも、ここはしっかりと否定しておく必要があるだろう。どう伝えればよいか考えていると、

「安心してください、聖人様」

彼女は慈愛に満ちた優しい目で俺を見た。

「いや、わかってもらえたなら何よりです」

流石の彼女もゴシップ記事を真に受ける程ではなかったようだ。俺がほっと息を吐き、安心していると……。

「愛の形はそれぞれです。たとえ聖人様の女性の好みが特殊だとしても、個人の気持ちは尊重されるべきです」

「いや、まったくわかってないだろ！」

思わず、丁寧な言葉遣いを忘れて突っ込みを入れてしまう。

彼女は両手を広げ、その罪を許しますとばかりに俺にお墨付きを与えようとしていた。

「ぷっ、良かったわね、エルト君」

横からアリスがからかってくるのを耳にすると、

「まったく嬉しくもないけどな」

俺はアリスを半眼で見て、言い返すのだった。


改めてお互いに自己紹介をする。これまでは聖女様ということしか知らなかったが、彼女の名前はサラと言うらしい。

「それにしても聖女様がこんな大衆酒場にいるとは思わなかったよ」

「そうですか？　私、結構こういうお店好きなのでよく食事をしたりするんですよ」

意外な答えが返ってくる。彼女の見た目や立ち居振る舞いが綺麗だったので、もっと洒落た店を選びそうな印象があったからだ。

「えっと、聖女様は……」

アリスが遠慮気味に聖女様に話し掛ける。

「御二人とも御気遣いなく。私のことはサラと呼んでください」

彼女はクスリと笑うと呼び方を改めるように言ってきた。

「それなら俺もエルトで頼む。聖人様と呼ばれるのはなんだか落ち着かないからな」

「私も、アリスでいいわよ」

「わかりました、エルトさん。それにアリスさんも」

お互いに呼び方を決めたところで料理が運ばれてくる。

「それで、サラさんはどうしてグロリザル王国にいるのかしら？」

アリスが疑問を口にする。聖人の儀式の後で別れてから数ヶ月、彼女がどう過ごしていたのか俺も気になった。

「あれから、いくつかの国を巡礼し、戦争で傷ついた人々を癒したり、孤児院を訪問したりしました。最近になりグロリザルを閉鎖していた氷雪が溶けているのを知り、グロリザルはまだ巡礼したことがなかったもので、こうして足を延ばして見たのです」

彼女は胸に手を当てると、グロリザルに着くまでの経緯を語ってくれた。

サラとアリスが話をしているのを聞きながら、そう言えば随分面白い顔ぶれでテーブルを囲んでいるなと考えた。

一国の王女と神殿を代表する聖女。俺だって世間を騒がせている聖人だ。

どう考えても、こんな場末の酒場で食事を囲むようなメンバーではない。天から俺たちを見ているはずの女神ミスティも、この光景に苦笑いを浮かべているのではないだろうか？

「エルト君、何を頼むの？」

改めてメニューに目を通していると、アリスが椅子を動かし身体を寄せてきた。

「とりあえず、エールと串焼きとかを適当にでいいか？」

「うん、どんなものかわからないから任せるわ」

店員さんを呼び止め、俺とアリスの分の酒と食事を適当に注文する。

「エルトさんはこういう店に慣れていらっしゃるのですね」

サラが感心した様子で俺を見ていた。

「俺も、昔は仕事帰りによくこういう店で食事をしていたからな」

生贄になる前は農場で働いていたこともあり、この手の酒場を利用していた。

「そうだったのですか、エルトさんは何を頼まれたのですか？」

「ああ、串焼きとかつまめるものをいくつか頼んだから、良かったらサラも一緒に食べないか？」

「それは良い提案です、是非そうしましょう。私が頼んでおいた料理も食べてください」

テーブルにはサラが頼んだ料理が並んでいる。俺たちは彼女の勧めもあったので、料理へと手を伸ばした。

しばらくして、エールが運ばれてくると、三人の再会を祝して改めて乾杯をした。

「アリス、他に足りなさそうなものはあるか？」

任されたので適当に注文したが、アリスが食べたい物があるかと思って聞いてみた。

「えっと……そうね……どうしようかしら？」

「アリスさん、こちらのサラダを頼んでみませんか？　ちょうど今が旬の野菜をふんだんに使っていると書かれているので興味があるのですが……」

サラがメニューを見せてアリスに提案をする。

「ふーん、いいかも。これも頼んじゃいましょう」

脂っこい料理ばかり頼んでいたので、アリスは野菜を摂りたくなったようだ。

「それ……頼むのか？」

「何よ？　駄目なの？」

アリスが首を傾げ、サラも俺に視線を向けてくる。

「俺、ピーマルは食べないからな」

俺がそのサラダを頼まなかったのは、旬の野菜の中に苦手なものが入っていたからだ。

「もしかして、食べられないの？」

アリスはまじまじと俺を見た。

「いや、食べられるけど。苦いから好きじゃないんだよ」

アリスの疑問を否定しておく。

「なんだか、可愛らしいです」

そんな俺を見たサラがクスクスと笑った。

「エルト君の弱点がピーマルなんてね、この情報を新聞屋に売ったらいくらになるのかしら？」

悪戯な笑みを浮かべたアリスがそんな冗談を言い出した。

「おい、絶対に止めろよ？」

ゴシップ記事に『聖人様はピーマルが嫌い』とか書かれたら、恥ずかしくて死んでしまう。

「ふふふ、御二人は本当に仲が良いのですね」

俺たちのやり取りを見ていたサラが笑っている。少し酒が入っている上での軽い言い合いなのだが、確かに普段よりも砕けた感じがする。

気が付けばテーブルには大量の料理が並んでおり、俺たちは酒を呑みながらそれらに舌鼓を打つのだった。


「ふぅ、満腹になった」

「エルト君、行儀が悪いわよ」

久しぶりに食べる濃い味付けの料理についつい手が伸びてしまった。城の料理も美味しいのだが、繊細な味付けのものが多いので、こういう大衆酒場の料理が恋しくなっていたのだ。

サラとの会話も弾み、エリバンで聖人の儀式以降のお互いの状況を伝え合っていたらあっという間に時間が過ぎていた。

周囲の客もはけ、店が閉店準備を始めているのを何の気なしに、見ていると……。

「そういえばエルトさんに一つお願いがあるのですが……」

「サラのお願い？」

食後に注文していたお茶を飲んでいるとサラが切り出してきた。

「エルトさんとアリスさんはこの後、イルクーツに戻られる御予定なのですよね？」

先程、今後の予定について話していた。

「ああ、その通りだけど何かあるのか？」

サラがテーブルから身を乗り出し俺の両手を握る。

「あっ⁉」

アリスがコップを落として太ももにお酒を零してしまい騒いでいる。

サラはそんな彼女を気にすることなくじっと俺を見つめると、

「私もイルクーツに連れて行ってもらえませんか？」

顔を近付けながら希望を告げるのだった。

二章

『それでは、例の【聖人】エルトについて報告いたします』

通信魔導具を通じて部下から連絡が入る。

そこはデーモンロードの居城の一角にある会議室で、中にはデーモンロードの他に四闘魔の内三人と十三魔将の七人が詰めている。

これまでも、十三魔将が招集されることはあったが、デーモンロードの腹心と名高い四闘魔を集結させたことはなかった。

会議室の緊張が高まる中、デーモンロードは口を開いた。

「話せ、忌々しい聖人の……その力とやらを」

先日、悪魔族はグロリザルにてとある古代の遺物（アーティファクト）を奪取するための作戦行動を取っていた。

その古代の遺物（アーティファクト）は【天帝の首飾り】と呼ばれ、とある魔導装置を動かすための鍵となっていたのだ。

悪魔族の悲願を果たすためにデーモンロードが探していたのだが、それを目の前でエルトにかっさらわれてしまった。

『エルトの能力は以下の三つです』

魔導具を通して説明がされる。エルトの秘密が悪魔族に共有された。
・聖杯を作り出す能力
・敵のスキルを吸収して放つ能力
・邪神のイビルビーム
「なんだとっ……あの邪神の最強のスキルを持っていると言うのか!?」

「それでは無敵ではないか!?」

「そのような相手をどう倒せと言うのだ！」

報告により、会議の場は騒然となる。

「静まれっ！　愚か者どもがっ！」

四闘魔の一人が怒鳴ると場を静寂が支配する。

「かつての聖人も今回のエルト程ではないが、とてつもない力を有していた。このくらいは想定の範囲内だ」

全員が静まり返ると、デーモンロードは肘掛けを指でコツコツと叩いた。

必殺の布陣である十三魔将が敗れたという報告から、この程度は想定していた。

デーモンロードの落ち着きを見て十三魔将たちは顔を見合わせる。

「し、しかし、ロード。やつは聖杯を作り出すことができるのでしょう？　我らにとって天敵とも呼べる存在です」

聖気が溢れる場所ではデーモンの力は半減する。十三魔将はデーモンロードにエルトの脅威を訴えた。

「いくら優れた力を持っていようと所詮は人間。やり様はいくらでもある」

万が一を考えて諜報員を待機させていたお蔭で、エルトの能力の全貌は既に暴かれている。

実際、デーモンロードの頭にいくつもの対策が浮かんでいた。

「ロードよ、私にやつの討伐を命じてください」

「いえ、小生にお願いします」

「抜け駆けは許さぬ。我こそが聖人を倒すのに相応しい」

十三魔将が委縮しているのとは逆に四闘魔の三人は我こそがと名乗りを上げた。

「【天帝の首飾り】はどうなっている？」

『流石に警戒しているのか、目に見える範囲では誰が所持しているかわかりません』

「再び封印したか……。いや、おそらくエルトが持っているのだろう」

悪魔族に狙われているのだ、単体では使い道がない古代の遺物（アーティファクト）を手元に置きたがる人間はそういないだろう。

『エルト一行は間もなくグロリザルを出発し、故郷であるイルクーツへと帰還するつもりです』

部下からエルトたちの動向が報告される。デーモンロードはアゴに手を当て考え込むと……。

「くくく、妙案を思い付いたぞ」

デーモンロードの笑い声が会議室に響く。

「やつがイルクーツに戻った時、どんな顔をするか目に浮かぶようだ」

そう呟くと、デーモンロードは部下たちにいくつか命令を下すのだった。

★

「それでは、本日からイルクーツに到着するまでの間、よろしくお願いします」

両手でバッグを持ちながら、サラは皆に頭を下げて挨拶をした。

「こちらこそよろしくね」

「よろしくお願いいたしますわ」

「御主人様が認めたのならマリーに異存はないのです」

セレナとローラとマリーがそれぞれ挨拶を返す。

「女性の一人旅は物騒だからね、帰国するついでだから気にしないでいいわよ」

アリスは手を振るとサラを歓迎した。

「この機会に聖女様に学ばせていただければ幸いです」

一方、アリシアはかしこまると丁寧に頭を下げた。

「アリシアさん、治癒魔法で人々を癒す者同士、気楽に接してください」

「わかりました、できるだけそうさせていただきます」

困ったような顔をしてサラは視線で俺に助けを求める。

アリシアは根が真面目なため、いきなり砕けた態度をとることができないようだ。このメンバーの中で一番常識人なので、間に入ってくれて助かるのだが、よくよく考えると他の人間の個性が強すぎるだけではないかと言う、恐ろしい真実に気付いてしまう。

「それより、荷物はそれだけなのか?」

イルクーツまでは一ヶ月半程かかる。身の回りの物を用意していないのではないかと思える程の大きさのバッグに俺は首を傾げる。

「私の持つバッグは空間拡張が付与された【マジックバッグ】と言う魔導具ですから。こう見えても結構な荷物が入っているんですよ」

話に聞いたことがある魔導具だ。極まれに【アイテムボックス】と言うユニークスキルを持つ人間が存在する。これは亜空間を開き、そこにアイテムなどを収納することができるスキルだ。

それと似た機能を持つのが【マジックバッグ】だ。このバッグは見かけの数百倍の容量の荷物を入れることができる上、滅多に出回らないので、手に入れるにはかなりの大金を積まなければならない。それを持っている辺り、流石聖女といったところか。

「エルトさんは【アイテムボックス】を持っているんですよね？　荷運びに便利ですよね」

「ああ、そうなんだ。重宝しているよ」

対外的に俺はユニークスキルの【アイテムボックス】を保持していることになっている。

以前アークデーモンの翼を取り出した時に色々聞かれたので、そう答えておいたのだ。

「それよりここで話し込んでいても仕方ない。長旅になるんだからそれぞれの話は馬車に乗った後にしてくれ」

今回は人数が増えたこともあり、レオンから大型の馬車を手配してもらった。

馬車を引くのは俺の魔導具【エセリアルキャリッジ】の魔法生物になる。

俺の指示に従い、皆は馬車へと乗り込んでいった。

「のどかすぎて眠くなるな……」

グロリザル王国を出発してから数日が過ぎた。

「…………つまり、聖属性を極めると『サンクチュアリ』と言う聖域を構築する魔法が使えるようになるわけです」

「……なるほど、具体的な習得方法はどのように？」

馬車の中ではアリシアがサラに何やら教わっている声が聞こえる。

アリスとセレナの笑い声も聞こえるので、この二組は仲良くしているようで安心だ。

「もう少し温度調整するですか？」

俺の左側に座っているマリーが風の結界を張り巡らせ、温度を調整してくれている。

春になったとはいえ、グロリザルの気候は厳しい。なんの防寒具もなく俺がこうして御者台に座っていられるのはマリーが気温を調整してくれているからだ。

「そうだな、暖かすぎて眠くなってきたから少し涼しくしてくれ」

彼女は風の精霊王なので気温を操るのは簡単だ。旅の間、つねに快適な環境を俺たちに提供してくれている。

「どうですか？」

「うん、ちょうどいい。ありがとうな」

先程までと違い涼しい空気が流れる。お蔭で眠気が飛び、操縦に集中できた。

「えへへへ、このくらい簡単なのですよ」

嬉しそうに笑いながら頭を差し出すマリー。甘える仕草に、俺は彼女の頭を撫でて労った。

「ふん、その程度ならローラにもできますのに……」

御者台でマリーの頭を撫で和んでいると「フンッ」と不満そうな声がした。

声を出したのは右側に座っていたローラ。先程まで静かだったのは彼女が本を読んでいたからだ。

「エルト様、この本は読み終わったので次を貸していただけますか？」

豪華な装丁の分厚い本を閉じると彼女は俺に差し出す。貸してからまだ数時間しか経っていないのだが、彼女の本を読む速さに驚く。

「いいけど、よくこんな御者台で読めるな」

俺はローラから受け取った本を収納し、新しい本を取り出した。

街道を走っているとはいえ、地面が完璧に整備されているわけではない。ときおり、窪みやら段差に乗り上げたりしているのだが、そのたびにローラが俺にもたれかかってきた。

「ローラは知識を得るのが好きなので、何の問題もありません」

どうやら彼女の好奇心の前ではその程度の揺れは邪魔にもならないらしい。

「それにしてもローラの勤勉さにも驚かされる。俺の手持ちの半分はもう読み終わっているぞ」

彼女が読んでいるのは邪神の城にあった本なのだが、古代語で書かれているため、これまで【ストック】の肥やしになっていた。ローラは古代語が読めるので興味を持ち、こうして本を借りるために俺の傍にいたがるのだ。

「ありがとうございます、エルト様。お褒めいただけるのならローラの頭を撫でてくださいな」

一国の王女に対して無礼になるのではないかと考えるが、今更なところもある。俺はマリーから手を離すと手綱を持ち換えてローラの頭を撫でた。

「ま、まあ。マリーには数千年分の記憶があるのでそんな勉強する必要もないのですよ」

対抗心が芽生えたのか、マリーはローラに聞こえるように自慢をする。

「知っていることと、新しいことを学ぶのは別なことです。古びた脳を動かさないとカビが生えますよ？」

そんなマリーに、ローラは冷たい視線とともに、冷ややかな言葉を浴びせた。

「何をー！」

これに怒ったマリーは向こう側のローラに文句を言うため俺の身体に手を突くと身を乗り出した。

ローラもこうなると予測していたようで、俺の肩越しにマリーに言い返す。

二人はしばらくの間、俺を挟んで言い争いを続ける。

既にこの二人の喧嘩が日常茶飯事となっていた俺は、両側から耳に入ってくる悪口の応酬を聞き流しながら馬車を走らせる。

唐突に二人の声が止むと同時に俺も馬車を止める。

三人が同時にその気配に気付いて前を向いた。

「なら決着をつけましょう」

「望むところなのですよ！」

「まったく、お前たちは……」

そうこうしている間に、近くの茂みから人が出てきた。

俺たちが乗る馬車はあっという間に数十人の盗賊に囲まれてしまった。

「へっへっへ、ここから先は通行止めだ。大人しく武器を捨てな！」

正面に立つ盗賊のリーダーが警告を飛ばしてくる。

「それじゃあ、こいつらをたくさん倒した方の勝ちにするのです」

「それでいいですよ」

そんな中、マリーとローラは盗賊を無視して勝利条件の取り決めを行っていた。

「てめえらっ！　聞きやがれ！」

無視されて怒鳴る盗賊。二人から相手にされなかったので頭に血が昇っているようだ。

「勝負は良いけど、やりすぎるなよ？」

「はいなのです、半殺しに留めるのです」

「手足を砕けば十分でしょうか？」

「な、何を言ってやがるんだ……？」

おそれるどころか物騒な会話をする二人に盗賊のリーダーがたじろぐ。不穏な気配を感じたのか後ろに控えている盗賊たちがお互いの顔を見合わせて戸惑っていた。

俺が頭を痛めていると背後の小窓が開き、アリスが嬉々とした表情を浮かべて顔を出す。

「馬車が止まったと思ったら、やっぱり盗賊なのね！」

「なんでそんなに嬉しそうなんだよ……」

「だって、最近稽古を除くと剣を振ってないんだもん。身体がなまっちゃうわよ！」

道中に現れたモンスターはマリーとローラの魔法で追い払っていた。無駄な戦闘で馬車を止めると旅の予定が狂うからだ。

そのせいもあってか、グロリザルを出発してから一度も戦えなかったアリスには不満が溜まっていた。

「エルト、私も戦うね」

盗賊と聞いてセレナも顔を出す。彼女は普通に手伝いを申し出たのだろう。

「おいおい、こんな綺麗どころがたくさん……。こりゃ大当たりだ。ついてるぞ」

先程までの不安そうな表情とは一転、盗賊たちは顔色を変えるとやる気をみなぎらせた。

「いつも通り、男は殺して女はアジトに連れ帰って……げへへへへへ」

「ったく。その後奴隷として売るんだから無茶はするんじゃねえぞ！」

狙いが透けて見える。盗賊たちは舐め回すように女性陣を見ると、厭らしい笑みを浮かべている。

皆はその視線を受けると手で身体を隠し嫌悪感を顔に出していた。

「あんたたち、ついていると言ったけどそれは大きな間違いよ」

セレナは盗賊たちの間違いを指摘する。

「ええ、そうね。その認識は間違いだわ」

アリスは側面のドアから降りるとプリンセスブレードを抜いた。

「よりにもよってこの馬車を襲うとは見る目がないお馬鹿さんです」

ローラが神杖ウォールブレスを取り出す。

「全員無事では帰れないのですよ！」

マリーが風を巻き起こした。

「……頼むから、あまり無茶なことはするなよ……」

俺はこの四人がやりすぎないように注意した。


じりじりと盗賊たちが距離を詰めてくる。どうやら一斉に襲い掛かる算段らしくお互いに目配せをしていた。

俺たちは馬車を囲むように展開しているのだが、一度に襲われると馬車に傷がつく可能性があった。馬車が壊れるとこの先の予定が狂うので、できれば無傷で切り抜けたい。

「この者たちに女神の祝福を……【ゴッドブレス】」

サラの声が戦場に響き渡った。

「なんだ⁉　急に力が⁉」

「何これっ！」

「凄いわ！」

「力が溢れてくるのです！」

「これは……聖女のみが扱え、術を掛けた者に女神ミスティの祝福を与える支援魔法ですね」

両隣を見るとマリーとローラの身体が白く輝いている。自分の身体も同様に輝いているので
この場の全員がサラから支援魔法を受けたのだろう。

「ありとあらゆる支援魔法の効果を数倍に引き上げる【ゴッドブレス】です。これで皆さんの
能力は跳ね上がります」

馬車の中からサラが顔を出し伝えてくる。その奥ではアリシアが両手を組んだ状態で祈りを
捧げていた。

「これなら、何が来ようと守り切れるわ！」

「身体が驚くほど軽い！」

アリスが今までよりも素早く移動して盗賊の手足を斬る。

セレナも短剣を片手に盗賊の間を動き回るが、あまりに俊敏な動きだからか盗賊の目が追い
付いていない。

この二人はまず問題なさそうだ。俺が安心して彼女たちから意識を戻し、盗賊に集中すると

……。

「ふおおおおっ！　今なら最大威力の【ヴァーユトルネード】が放てる気がするのです！」

「こっちだって！　最高の魔法で爆破してあげますよぉぉぉ！」

マリーとローラはお互いに対抗しているのかテンションを上げて叫んでいた。

この二人を放置したら地形が変わってしまう。俺は溜息を吐くと、

「……お前たちは近付く盗賊を牽制する以外余計なことはするな」

「「ええっ～～～!?」」

二人に待機を命じると、盗賊たちを無力化するため飛び出した。

★

「まったく、エルト様はもう少し私たちを信用して欲しいです」

「本当なのです！　マリーも連れて行って欲しかったのですよ」

「まぁまぁ、エルトさんも『ここの見張りは頼んだぞ』って言っておりましたし、隠密行動となれば仕方ないですよ」

頬を膨らませるローラ様とマリーちゃんをサラさんが宥めている。

彼女はここ数日で驚くほど私たちに馴染んでいた。

「それにしても、盗賊を倒すだけではなくアジトを潰しに行くなんて……エルトさんは聞いていた以上に正義感に溢れたお方なのですね」

サラさんは柔らかい笑みを浮かべるとエルトのことを褒めた。その親しげな雰囲気に私は何かがざわつくのを感じる。

「噂にはお聞きしていましたが、サラ様は素晴らしい支援魔法を使えるのですね」

ローラ様がサラさんに話を振る。

女神の祝福を受けた聖女のみが扱える【ゴッドブレス】。この魔法はありとあらゆる支援魔法を数倍に増幅して、一瞬で対象へ付与することができる。

「これまでの精霊生（せいれいせい）の中で、あそこまで調子が良かったのは初めてなのです、また掛けて欲しいのですよ」

一般的な支援魔法であれば私にも使うことができる、だけど聖女様と比べると力が足りていないのは明らかだ。

私だけが今の戦いで何もできなかったことを痛感させられる。

「アリシアさん、どうかされましたか？」

「いいえ、何でもありません」

私は焦る内面を悟られないように笑って見せた。

「そうですか、何かあればおっしゃってくださいね？」

サラさんはそう言うと、慈愛に満ちた瞳で私に笑いかけてきた。この方からもっと多くを学ばなければ、そんな決意をしていると……。

「おーい、盗賊のアジトを殲滅してきたぞ」

エルトたちが戻ってきた。その隣には共に戦ったアリス様とセレナの姿がある。彼女たちはエルトが連れて行っても問題がないと判断するほどの実力者で、事実、盗賊のアジトを一つ潰しても疲れた様子がない。

エルトたちが馬車へと近付いてくると、私は用意していたタオルと冷えた飲み物を渡し、

「お帰りなさい、無事で良かった」

三人を出迎えるのだった。

結局、この日は野営することになった。

盗賊とアジトを壊滅させたので、急ぎでマリーちゃんにグロリザル城に伝言を届けてもらったからだ。

グロリザル城から近くの街へと連絡をとってもらい、その街から兵士が派遣され盗賊を引き取る手筈となった。

夕飯を済ませ焚火を囲みながらアリス様がローラ様と、私はセレナと談笑していると、先程からサラさんが見当たらないことに気付いた。

私は顔を動かし、サラさんを探していると、ちょうどエルトが立ち上がってどこかへと歩いて行くのが見えた。

「アリシア、どうしたの？」

「ん、ちょっと……」

エルトが離れていくのを見たのは私だけ、今なら二人きりで話せるかもしれない。

「少し、散歩してくるね」

私はセレナに申し訳なく思いながらも立ち上がり、エルトの後を追いかけた。

★

「こんな場所にいたのか」

野営中、席を外したサラがいつまでも戻って来ないので探しに来たのだが、彼女は岩場で一人祈りを捧げていた。

「エルトさんですか、どうしてこちらに？」

「姿が見えなかったからな、盗賊は全員捕縛してあるが残党がいないとも限らない」

マリーの魔導具で索敵させたので大丈夫だろうが、念のためだ。

「私を心配してくださったのですね。ありがとうございます」

ふわりと笑みを浮かべると、彼女は祈るのを止め、立ち上がった。

すぐに野営地に戻るのかと思ったが、彼女は憂いを帯びた表情を浮かべ、空を見上げるとその場に立ったままだ。

「何に対して祈っていたんだ？」

サラがこんな表情を浮かべている理由が知りたい。なぜ悲しそうな顔をしているのか？

サラは空を見上げるのを止めると俺を見た。

そして星明かりを宿した金色の瞳を揺らすと、その想いを語った。

「あの盗賊たちについてです。警備隊に引き渡せば過酷な未来が待っているでしょうから」

その言葉に俺は驚く。それだけ彼女の言葉は意外だった。

「他人から色々な物を奪う集団だぞ？　そのツケが回ってきただけのことだし、自業自得じゃないのか？」

俺の言葉をサラは目を閉じると首を横に振って否定する。そして目を開き悲しそうな表情を浮かべると、

「この世界に生まれながらの悪人など存在しません、世界が、国が、周囲の環境が悪人を作るのです」

俺に近付くと正面から顔を覗き込んできた。

「そしてそれは善も同じです。聖女などと持ち上げられてはいますが、私だって……」

微かに表情に陰りが生じる。彼女が右手を自分の胸に押し当てると苦しそうな顔をする。聖女として生きる中で辛い体験をしてきたのかもしれない。

「少し、話が逸れましたね。ただエルトさんには、善悪とは、この世界に生きる者が自分にとって害を成す存在かどうか、わかりやすくするために決めているということを知っておいていただきたかったのです」

彼女は少し歩くと立ち止まり、月を背に振り返る。サラの瞳はこれまで見たことがないくらい冷たく、俺は彼女に掛ける言葉が思いつかなかった。

「邪神亡き今、世界の均衡は崩れました。邪神に怯えていた国々は、抑圧から解き放たれ戦争を開始し、今この瞬間にも多くの人が命を落とし、家を焼かれ、愛する者を失っています」

巡礼をしていたサラは、その光景を実際に見ているのだろう。

「悪魔族の暗躍は激しくなる一方で世界を巻き込みつつあります。これらの原因は最大の障害となっていた邪神という存在が盤上から取り除かれたからに他なりません」

今まで考えなかったわけではない。だが、こうして改めて正面から言われると心が重くなる。

「この世界が完全であるならば、盗賊も飢えた子供も存在しません。力を持つ者にはその責任を果たす義務があると私は考えています」

頬を汗が伝う。俺は神殿から与えられた『聖人』の称号が、どれほど重いものだったのかようやく理解した。

気が付けばサラが間近にいた。彼女は手を伸ばすと俺の頬に触れる。

「これまで一緒に旅をしてきて、エルトさんが優しい方だと言うのはわかっています」

彼女は先程までとは違い、温かい声を俺に掛けてきた。

「ですが、その優しさを受けられるのはあなたの周りにいる親しい人たちだけ」

アリシアにセレナにマリー、アリスとローラの顔が順番に浮かびあがる。

「エルトさんには世界を変える力があると私は思っています。どうか、その優しさを世界中にいる不幸な方々にも分けて差し上げてもらえないでしょうか？」

「き、急にそんなことを言われても……」

混乱していて、自分がどうすれば良いのかわからない。俺はサラに答えを返さなければならないと思い焦っていると……。

「どうやらここまでのようですね」

彼女が離れていき、頬の温もりが失われる。

「これより先は、エルトさんが自分で答えを出してください。あなたが真剣に悩み、人々のことを想って出したのなら、それが正しい答えだと私は思います」

彼女は俺の肩に触れると戻っていく。俺はしばらくその場に留まり、先程の彼女と同じように空を見上げ、人々の幸せについて考えていると、

「エルト」

振り向くとアリシアがいて、心配そうに俺を見ていた。

「サラさんと何を話していたの？」

並んで歩いているとアリシアが顔を覗き込んで来た。彼女はいつも通りの笑顔を俺に見せてくれる。

そんな彼女と一緒に歩いていると、昔を思い出し、穏やかな気持ちになってくる。

「いや、大したことじゃない」

サラから聞かされた話をそのままアリシアに伝えるつもりはない。

俺自身の答えもまだ決まっていないし、何より彼女は邪神討伐に深く関わっている。俺以上に深刻に受け止めてしまいかねない。

「ふーん、そう。エルトは嘘を付く時に鼻が不細工な形になるんだよ？」

「嘘だろ⁉」

アリシアの指摘に俺の手が鼻へと伸びる。

「ふふふ、嘘だよ」

見事に俺を嵌めた彼女は右手で口元を隠すと楽しそうに笑った。

「よくも騙してくれたなっ！」

「きゃー！」

俺が拳を振り上げてアリシアを追い駆けると、

「きゃっ！」

「おっと！」

周囲が暗く地面が不安定な中走ったせいで、アリシアがバランスを崩してしまったようだ。

「あ、ありがとう。エルト」

倒れかけた彼女を咄嗟に抱き止める。

「まったく、アリシアは昔から危なっかしいからな」

目の前にアリシアの頭が映っている。背中から抱き着く形になっており、彼女の温もりを感じると妙にドキドキした。

「またそうやって茶化すんだからっ！」

アリシアの手が俺の腕に触れる。完全に離れるタイミングを見失った俺は、そのまま固まってしまった。

「エルトはいつも私を助けてくれたよね、子供のころの森だったり、エリバンで兵士に襲われた時だったり……。『私が泣いた時に必ず駆けつける』って約束を今も守ってくれる」

彼女は力を抜くと俺にもたれかかってきた。

「本当に、いつもいつもエルトは傍にいてくれた。でも、これからは？」

そう言って彼女は身体を回転させた。お互いに目が離せなくなる。昔から家族同然に育った女の子。

そんな彼女から突如投げかけられた質問の答えを、俺は持ち合わせていない。

「……エルト」

いつの間にかアリシアの顔が近付いていている。唇を寄せながら彼女が目を閉じる。俺の視界に艶やかな唇が広がり、吸い寄せられそうになるのだが……。

『その優しさを世界中にいる不幸な人たちにもわけて差し上げてください』

先程のサラの言葉が蘇る。

「エルト?」

俺はアリシアから顔を逸らし、彼女の唇は俺の横を通り耳元で止まった。

「……もう遅くなっている。戻ろう」

俺はそう言うと、アリシアの顔を見ることなく野営場所へと戻っていくのだった。

翌日になり、近くの街から警備兵が派遣されてきたので盗賊たちを引き渡した。やつらは嘆き、恨み節のようなものをぼやきながら連行されていった。

罪状を検め、幹部などはそのまま死罪になるのだろう。

俺は御者台に座りながら、昨晩サラが言ったことについて考えている。

既にいくつかの国は戦争をしていて、悪魔族もそれに関わっているらしい。

サラは俺には力があると言っていた。邪神を討伐した力、十三魔将を退けた力。これらの力を振るって、悪魔族と戦うことが俺のすべきことなのだろうか？

それとも、聖人として人々の前に立ち、争っている国に戦争を止めるように訴え掛けるべきだろうか？

俺が今後どうするかについて考えている間にも、馬車はイルクーツに着実に近付いていた。

◇

現在、俺たちは豪華な馬車に乗せられて大通りを進んでいる。屋根がなく車高があるので遠くに視線をやれば見下ろすような形になっている。

馬車の真ん中に俺が座っており、左にはローラが、右にはアリスが、俺を挟み込んで座っている。

彼女たちは笑いながら民衆に向かい、手を振っていた。

「エルト様も笑ってください。これはエルト様の凱旋を祝うパレードなのですよ」

「皆があなたに感謝しているのよ、手を振って応えないと」

ローラとアリスが俺を窘めてくる。確かに俺の名前を呼ぶ声も聞こえていた。

通りの両側は、イルクーツ中から集まったのではないかと言うほど人が溢れかえっていた。

盗賊と遭遇してから一ヶ月、俺たちは予定通りイルクーツへと到着した。早馬により俺たちの帰還が伝えられていたのだが、到着するなりこうして馬車を乗り換えさせられ、凱旋パレードをしている。

俺はアリスが言うように笑顔を作ると手を振って見せる。

『ワアアアアアアアアアアアアアアアッ！』

すると、それに応えるように歓声が一層大きくなった。

パレードには参加しなかったアリシアやセレナにマリーを内心で思い浮かべ、俺もそちら側が良かったと考えながら無理やり笑顔を作るのだった。

　　　　　＊

どうにか凱旋パレードを乗り切った俺だったが、馬車はそのまま吸い込まれるように城へと入っていった。

アリスやローラと別れ、別室に案内されると、風呂で身を清め、そのまま貴族が着るような礼服へと着替えさせられた。

それから数時間程待機し、俺は王座の間へと連れてこられた。

「このたびは、邪神討伐及び悪魔族撃退を成し遂げ遠方よりの帰還、誠に大儀である」

「はっ！　勿体なき御言葉、恐悦至極」

玉座にはこの国の王であるジャムガン様が座っている。黒髭を蓄え鋭い眼光をしているのだがアリスとローラにはまったく似ていない。おそらく彼女たちは母親似なのだろう。

生贄の儀式にも参加していたらしいのだが、あの時儀式を台無しにした記憶があるので、怒っているように見えなくもなかった。

「このたび、聖人エルト様は邪神を討伐され、さらに悪魔族の企てのことごとくを打ち破り、エリバン王国とグロリザル王国の窮地を救ってくださいました」

アリスが皆に聞かせるつもりで俺が挙げた功績を読み上げた。

「我が国は英雄様に対し、報奨を与えるべきと考えます」

ローラがアリスの後に言葉を続ける。

ジャムガン様を挟むように立つアリスとローラはドレスで着飾っていた。

この場に集められている貴族たちも、久しぶりに見るであろう二人の美しい姿に見惚れているようだ。

アリスとローラの言葉にジャムガン様は頷くと、

「二人の王女からエルト殿は地位を望まぬと聞いている。何か望みはあるだろうか？」

緊張感が高まる。全員の視線が集中しており、眼には「期待」の二文字が浮かんでいるのが、何となく察せられた。

事前にアリスから話を聞いてはいたが、国を救うなどの功績を挙げた人間にはかなりの報奨が与えられることになるらしい。

それこそ貴族としての身分であったり、領土であったり。中でも彼らが期待しているのは…………。

アリスとローラを見る。今回は長年苦しめてきた邪神討伐だ、前例がないことから国としては最大の報奨で報いるつもりがある。つまり、アリスかローラとの婚姻ということになる。

アリスが冗談交じりに「私は構わないわよ」と口にしていたことを思い出す。そう、睨みつけてくるジャムガン様を除くと皆、ここで俺が二人の内どちらかを欲することを望んでいるのだ。

「では、当面の間暮らすことができる家を所望いたします」

なるべく角が立たぬように気を使うのだが、周囲はあからさまにがっかりした表情を浮かべていた。

「よかろう、国が保有している屋敷の一つを与える。自由に使うと良い」

「お心遣い痛み入ります」

アリスがむっとした顔で眉根をピクリと動かし、ローラは澄ました顔をしている。

周囲から大きな拍手の音が聞こえてくる。定型の儀式が完了すると、俺はほっと息を吐きながら退場するのだった。

「新しい家、楽しみよね」

「マリーの部屋もあると嬉しいのです」

翌日になり、城を出た俺たち三人は、早速国から与えられた家へと馬車で向かっていた。

「城からそれほど離れていないらしいから、もうすぐ着くと思うんだが……」

御者が巧みに馬車を操る姿が目に映る。俺も旅の間ずっと御者をしてきたが、馬車の揺れ具合や馬への指示を見る限り本職には敵わないと思った。

「エルトが前に住んでいた場所はもう住めないのよね？」

「ああ、元々古い建物だったから、取り壊しになったらしい」

前に住んでいたアパートの家財は昨日の内に運び込まれている。取り壊す際、所有者行方不明と言うことで、一旦国が預かっていたそうだ。

元々大したものは置いてなかったと思うのだが、それでも思い出が詰まっている物もあったので、王国の配慮には感謝するしかない。

「それにしてもエルトと一緒に暮らせるなんて嬉しいな」

セレナは身体を寄せると満面の笑みを俺に向けてきた。

ここまで一緒に旅をしてきたのもあるが、彼女がエルフの村から出てきた原因は俺にあるので今更別々に住むと言うのはあり得ない。

「どんなところに住むかわかっていないからな。あとで文句を言うかもしれないぞ？」

「言うわけないわよ。エルトがいればそれだけで十分なんだから」

「マリーもなのですっ！　御主人様と美味しい物があればそれで良いのですっ！」

二人の言葉に口元が緩みそうになったが、とっさに引き締める。

「当分の間はイルクーツに滞在するつもりだからな。過ごしやすい場所だといいんだけど……」

昔住んでいた下宿先程の大きさだと三人は住めない。せめて個別の部屋があれば助かるのだが、報奨ともなればそのくらい望んでも罰は当たらないだろう。

「アリシアも来ればよかったのにね」

そんなことを考えていると、セレナが残念そうにアリシアの名前を出す。

「あいつも両親に無事な姿を見せないといけないからな」

生贄になった俺を探しにエリバンまできたのだ。なんだかんだで戻ってくるまでに半年近く経ってしまったので、久しぶりに両親と過ごす時間を大切にするべきだろう。

「俺もそのうち顔を出さなきゃな」

俺の両親が死んでからアリシアの両親は俺を気に掛けてくれていた。彼らにも会いたいので近いうちに顔を出そうと思っている。

「お待たせしました。到着しました」

話し込んで外を見ていなかったが馬車が停まっており、御者から声を掛けられた。

俺たちが馬車から出ると正面には大きな屋敷があり、馬車は豪華なドアがある入り口前に横づけされていた。

「ね、ねぇ、エルト。ちょっと話と違う気がするんだけど？」

「ふわぁー、御主人様の家……凄く、大きいのですよ」

セレナは怖気づくとピッタリと俺に身体を寄せ、マリーは右手を額の前に持っていくと口をポカンと開けて屋敷を見ていた。

ドアを通って中に入ると、そこには大勢の使用人がずらりと整列している。

「お待ちしておりました、エルト様と御客人。私は執事のアルフレッドと申します。本日より我々一同、英雄エルト様のため、誠心誠意仕えさせていただきますので、よろしくお願いいたします」

「こ、こちらこそよろしくお願いします」

「う、うんっ！　お願いするわっ！」

「よっ、良きに計らうと良いのですっ！」

統制の取れた淀みない御辞儀に気圧された俺たちは、三者三様の返事をするのだった。

「ふぅ、まさかこんな大きな屋敷だったとは……」

あれから、執事のアルフレッドに屋敷内を案内された。

セレナもマリーも俺も、行く先々の設備を見るたびに驚かされ、本当にこの屋敷に住むのかとお互いの顔を見合わせた。

「とりあえず、呼ばなければ入ってこないって言ってたし、少し休憩するか」

現在俺がいるのは、屋敷に用意されていた俺の部屋だ。

随分と広く、この部屋だけで家一軒がすっぽり入ってしまいそうだ。

「そうだ、俺が住んでいたアパートの物もここに運び込まれているんだっけ？」

俺はふと思い出すと周囲を見渡す。すると、豪華なこの部屋には不釣り合いな家具が部屋の隅にまとめて置かれていた。

「うわ、懐かしい」

本棚が一つとクローゼットが一つ。他には小物が入った五段の引き出し。

昔使っていた食器類などもあった。

俺は近付いて見ると、本を手に取りパラパラと捲ってみる。タイトルは『黒の勇者の英雄譚』昔から何度も読み返しているので、すっかりボロボロになってしまっている。

「思えば、この主人公と比べても遜色がないような偉業を達成したんだよな」

邪神を討伐して悪魔族の企みを打ち破る。自分がやったことなのだが、物語の勇者と比べると冒険をしたわりには、ワクワクした記憶がない。

「まあ、物語と現実は違うってことか……」

死に物狂いだったのを思い返すと、本を棚に戻す。続けて引き出しを一つずつ開けて見ると……。

「これまた懐かしいのが出てきたな」

そこにはユニコーンを象った首飾りが入っていた。

「昔、建国祭の時にアリシアと街に出掛けて買ったんだよな」

彼女に手を引かれながら街を歩き回って祭りを楽しんだ。その際に露店で売っていたのがこの首飾りで、お互いにプレゼントしようと交換したので、彼女には剣を象った首飾りを贈ってある。

俺は首飾りを手に取ると身に着けてみた。

「流石に小さいな、鎖を変えないと」

子供が身に着ける物なので鎖が短い。俺は首飾りを外すと懐へしまいこむのだった。

★

「無事に帰ってきてくれてよかったわ」

家のドアを開けるなり、母が駆け寄り抱き着いてきた。

「エルト君も無事な様子だったし本当に良かったな、アリシア」

父はそんな言葉を口にすると私の肩に手を回した。

「お父さん、お母さん。ただいま」

久しぶりに二人の顔を見るとホッとする。約半年ぶりに見る家はまったく変わっておらず、父と母からは懐かしい匂いがした。

「それで、エルト君はどうした？　一緒に戻ってきていないのか？」

その言葉に胸が痛む。

「エルトは報奨として屋敷を授かったの。今日からはそっちに住んでいるはずだよ」

セレナとマリーちゃんと一緒に馬車に乗り込んでいたエルトを思い出す。あの二人はいつもエルトと一緒にいることができる。

そう考えると、急に胸が痛み始めた。

「アリシア、大丈夫なの？　顔色が悪いわよ？」

母が心配そうに私の顔を覗きこんできた。

「ん、ごめん。旅の疲れが出たみたい、今日は休ませてもらうね」

どうにか笑顔を取り繕うと自分の部屋へと移動し、ベッドに横たわる。

洗われたシーツからは懐かしい匂いがした。

「英雄エルト……か……」

凱旋パレードでエルトは顔を引きつらせながら手を振っていた。両隣にはアリス様とローラ様がいてエルトと仲睦まじい姿を民衆へと見せつけていた。

馬車が通りすぎた後、彼らは『エルトがどちらの王女を娶るつもりなのか』で盛り上がっていた。

　王座の間では国王自らエルトに報奨に何を欲するか聞いたらしいのだが、詳細に関しては箝口令が敷かれているので情報が入ってくることがない。

　直接話をしようにも今の彼の周囲には人が多すぎる。このまま過ごしていれば、ある日突然エルトの婚約を新聞で知る日が来るかもしれない。

「そんなの……嫌……」

　悪寒が身体を駆け巡る。あの日、私はエルトから拒絶されてしまった。口付けを拒まれ、翌日からは何でもないように振る舞われた。

　私も彼に合わせたので、周囲が私たちの変化に気付くことはなかったが、あの日以来、私はエルトにどう接して良いかわからなくなった。

「あのころに戻りたい……」

　まだ私とエルトが幼かったころを思い出し、ぎゅっとシーツを握り締める。

「誰もいない場所で……エルトと二人きりで……ずっと一緒に……」

　私は目を閉じると徐々に意識が遠のいていくのだった。

★

三章

「エルト様、おはようございます」

「おはようございます。エルト様」

「御主人様、朝食の用意ができておりますが？」

「本日はどのように過ごされる御予定でしょうか？」

朝起きて食堂に着くまでの間に片手では足りない人数の使用人に声を掛けられ、そのたびに俺は作り笑いを浮かべ返事をする。

この屋敷に滞在して数日が経つのだが、このような扱いにいまだ慣れず緊張してしまう。

「あら、エルト。おはよう。ここのベッドは柔らかくて良いわね。旅の疲れも大分取れてきたわ」

「お風呂も広いのです、泳げて楽しかったのですよ」

「ああ、二人ともおはよう」

食堂に着くと、先に起きていたセレナとマリーが話し掛けてくる。

アルフレッドが椅子を引き着席すると、さして間を置かずメイドが食事を運んできて俺の前に置いた。

「エルト様、セレナ様にマリー様も。この御屋敷に滞在されてみて何か不都合はございませんか？」

会話が落ち着いたタイミングを見てアルフレッドが声を掛けてきた。

「ああ、十分良くしてもらっているから」

「もっとたくさん食べたいのです！」

俺が問題ないことを告げると、マリーが食いしん坊っぷりを発揮する。マリーはこの小柄な身体のどこに入るかと言うくらい食事を摂るのだ。

「かしこまりました、それでは今後マリー様の食事は今の三倍は用意するようにいたします」

「頼んだのです！」

偉そうにするマリーをアルフレッドは暖かい目で見守る。アルフレッドだけではない、他の使用人もまるで愛らしい子供に接するかのような視線をマリーに向けていた。

「セレナ様は、何か不都合はございませんか？」

先程問いかけた時に返事をしなかったせいか、アルフレッドが気にしていた。

「不都合と言う程ではないのだけど、庭を走り回っても平気かしら？　食事が美味しくて食べすぎてしまって……その……」

顔を赤らめてチラリと俺を見た。何が言いたいのか俺は首を傾げるのだが、

「ええ問題ございません。ただ、洗濯物を干すための場所がありますので、鍛錬するために空

けている場所を使っていただければ嬉しいのですが」

アルフレッドは優しく微笑むと、動き回っても問題がない場所をセレナへと伝える。

「わかったわ。そこで平気よ」

「では、後ほど御案内させていただきます」

あのマリーとセレナの要望を眉一つ動かさずに解決した。できる執事の姿に俺は尊敬の念を覚えた。

「エルト様も何かございましたか？」

見ていたことで気になったのか、俺にも話を振ってきた。

「そうだな、実はちょっと育てたい植物があるんだけど屋敷のどこかに場所はないかな？」

「植物ですか……花か何かですかな？　それでしたら庭師に話して花壇の準備をさせますが」

「いや、たぶん木になると思う。それと目立たない場所の方がありがたいな」

これからやるのは、おそらく誰も行ったことがない実験だ。当然結果も予想がつかないので、あまり人目に触れるような場所だと隠すのが面倒になる。

「そうですか、では屋敷の裏に空いている敷地がありますので、そちらも後程御案内いたします」

流石は広い敷地がある屋敷だ。条件に合う場所が存在しているらしい。

「ありがとう、頼むよ」

俺はそう返事をすると朝食を摂るのだった。

「しかし、本当に広い屋敷だよな……」

朝食を終え、アルフレッドが用意してくれた、汚れても良い服に着替えた俺は、馬車に乗ると屋敷の裏へと案内された。

国王から与えられたこの屋敷は敷地内を馬車で移動しなければならない程に広く、部屋の数も多い。アルフレッドに確認したところ三百部屋はあると言っていた。屋敷から壁まではかなりの距離がある。

本邸の他にも別邸がいくつかあり、パーティーを開いた際の来客はそちらに案内すると説明を受けた。

そもそもパーティーを催すつもりなどまったくない俺にしてみれば、別邸まで用意されていても持て余すのだが、今更『もっと狭い家でお願いします』と言っても、一度受け取った報奨を返還すると言うのは国王の顔に泥をぬることになるのでできなかった。

「それでは、夕方頃に御迎えに上がります」

御者台のアルフレッドが御辞儀をすると去っていく。これからすることを見られたくなかったのだが、気を回してくれたのだろう。

「さて、早速やってみるとするか……」

目の前には草も生えていない地面がある。耕されておらず、表面が硬い。まともな手順を踏むとなると、土をならすだけでも数日掛かりの作業になるだろう。

俺は膝をつくと地面に右手で触れた。

「土の微精霊よ、この土地を耕してくれ」

周囲に土の微精霊が集まり、俺の魔力を吸い始める。

魔力を受け取った土の微精霊は次々と地面へと吸い込まれていく。

次の瞬間、目の前の地面が盛り上がり始め、あっという間に土が掘り起こされた。

俺はしゃがんで土を掴んでみると、塊ひとつない細かい土が指の間から零れ落ちた。

「本来ならクワを使って耕さなきゃいけないんだが……この様子を見たら農場の皆は泣くな」

契約していない微精霊ですら、これ程の力を貸してくれるのだ。俺は改めて精霊を使役できることの凄さを実感した。

「さて、早速やるか……」

俺は周囲を見渡し、誰も見ていないことを再度確認すると、袋の中から粉が入った容器を取り出した。

以前、グロリザルで実験をした『ステータスアップの実』と『虹色にんじん』を砕いて混ぜた粉末だ。

何度も繰り返し実験を重ねた結果、一摘まみ程でも普通の広さの畑の土壌が活性化し、普段より早く大きな作物が採れることがわかった。

俺は容器の蓋を開けると、粉を地面へと振り撒く。そして、ふたたび土の微精霊に命じると、土を混ぜ合わせた。

「これで土の栄養は十分だな」

俺は次にストックからステータスアップの実を取り出す。市場でも似たような実が売っている『食べると体力が10増える』【赤の果実】を選択する。

それを手で二つに割ると中の種を取り出して残りは食べた。

皮を剥かずにそのままかじりついたので、アリシアが文句を言いそうだなと考えると笑みが零れた。

「やっぱり、ステータスが増えなくなっているな？」

俺は自分のステータスを開いて数字を確認する。

名　前：エルト
称　号：町人・神殺し・巨人殺し・契約者・悪魔殺し・超越者
レベル：１１００
体　力：５５００
魔　力：７７７０

筋　力：４５００
敏捷度：４０００
防御力：３２００
魅　力：２００００
スキル：農業Ｌｖ10　精霊使役（40／１００）　成長促進Ｌｖ５　剣技Ｌｖ６
ユニークスキル：ストック

「採ってから時間が経ったからなのか、ステータスアップの実で上昇する制限があるからなのか……？」

いずれにせよ、これ以上の力を身に付けるには地道な努力が必要になるのは間違いない。

俺は水の微精霊に命じ、水を出して手を洗うといよいよ実験を開始することにした。

ステータスアップの実の種を右手に載せ【成長促進】を使う。

「くっ……予想はしていたけどかなりきついな……」

これまで野菜や花の種などに【成長促進】を使ったことがある。いずれも俺が魔力を込めるとすぐに発芽させることができた。

だが、この種は魔力を大量に吸い込んでもまったく反応がない。

「はぁはぁ、聖杯を作る時のようにできるかと思っていたが……駄目か？」

終いには魔力が枯渇して息切れしてしまった。

「とりあえず休憩するか」

地面にシートを敷いて横になる。

空が青く、雲がゆっくり移動している。壁を隔てているだけでこれほど静かに、人目を気にすることなく寛ぐことができる。

落ち着ける環境に浸り目を閉じていると、何かが陽の光を遮った。

「なんだ、マリーか」

目を開けると、至近距離にキラキラとしたライトグリーンのツインテールとうさ耳が視界に飛び込んできた。

「空中散歩をしていたら御主人様がいたので下りてきたのです」

そう言って俺の胸元にすっぽりと収まる。うつぶせになったマリーは赤い瞳を俺に向けてくる。

「御主人様はこんなところで昼寝をしている最中なのです?」

もし「そうだ」と答えたら俺の胸の上で眠るつもりなのだろう。のどかな天気なので、マリーを抱き枕にして眠るのもありだと考えてしまうのだが……。

「いや、実験をしていたんだが上手くいかなくてな……」

俺はマリーに話してみることにした。

「ほほう、興味深いのです。どんな実験なのですか？」

マリーは興味を持つと身体を起こし、俺の目を覗き込んでくる。

「俺の農業スキルの【成長促進】があるだろ？」

「植物の成長を促して、いつでも美味しい野菜や果物を栽培できるスキルなのです。それがどうしたのですか？」

「あれを使ってステータスアップの実から採った種を育ててみようと思ったんだが、失敗してしまってな」

マリーに説明をすると彼女は頭の横に置いている種に手を伸ばす。

「うーん、でもこの種、ちゃんと生きているのですよ？」

「わかるのか？」

身体を起こし、マリーに質問をする。改めて種を見てみるが、外見が変化しているように見えなかった。

「これはマリーの考えなのですが、御主人様の【成長促進】スキルの熟練レベルを上げる、もしくは魔力を一気に注ぎ込んで殻を破るしかないと思うのです」

前の方法は時間を掛ければ可能そうだが、後の方法は難しい。今だって聖杯を作れる程の魔力を全力で注いでいるからだ。

「よければマリーが手伝うのです？」

「どうやってだ？」

提案の意味がわからず、俺は首を傾げた。

「マリーと御主人様は契約によりパスが繋がっている状態なのです。普段はマリーが御主人様から魔力をいただいているのですが、その逆をやるのですよ」

つまり、俺がマリーから魔力を供給してもらうことで瞬間に注ぎ込む魔力の量を増し、強引に発芽させるということらしい。

「他に手もないことだしこの際だ、試してみるか」

俺が返事をするとマリーが背中へとくっつく。以前、魔力の扱いを学んだ時と同じ体勢になった。

「以前、魔力の流れを感じ取ってもらったのと同じことを大量の魔力でやるのです。いくらパスがあるからといっても、ステータスアップの実の種を一つ発芽させるレベルの魔力を渡すとなると、かなりキツいので覚悟して欲しいのです」

「おい、あまり脅すなよな……」

マリーらしからぬ言葉に内心不安になった。

「それでは行くのですよ！」

マリーの両手が前へと回され俺の手を握り締める。小さくすべすべした手の温もりを俺が感じていると………。

「くっ……これは確かにきつい……」

一度に流れ込んできたマリーの魔力が全身を駆けまわり暴れる。ステータスを見てみると【魔力】の項目が『7770＋4440』となっていた。

「さあ、御主人様。一気に魔力をぶっ放すのですよ」

マリーの声が耳元で聞こえる。呼吸が荒く乱れている。どうやらこのやり方は本人も辛いらしい。

俺は少しでも早く終わらせようと持てる力のすべてを注ぎ込み、成長促進のスキルを使う。

すると、先程まで反応がなかった種がピクピクと動き出し……。

「うわっ！」

殻を食い破ると一気に成長して芽を出した。

「ふぅ、ここまでくれば成功したも同然なのです」

マリーは俺から離れると浮かびながら前まで移動する。そして発芽した苗を確認すると満足そうに笑った。

「あとはこれを土に植えてやるのです」

俺から苗を受け取ったマリーは土を掘って埋める。一旦発芽した苗には【成長促進】の効果が及ぶようなので、毎日魔力を流せば少しずつ成長していくとのこと。

「今のが高位精霊と精霊使いだけが使える合体技なのです。覚えておくと良いのですよ」

マリーは振り返ると、取ってつけたように説明をした。

「これだけの力となると相当きついし、使いどころが難しい気がするな」

身体を動かそうとするたび、全身に痛みが走る。無理やり魔力を通したのでパスがズタズタになっているのだろう。

「使った後は数日痛みが引かないのです。だから真の強敵に出会った時のみに封印を解く禁断の技なのですよ」

「できれば、そんな相手に遭遇したくはないな」

使うとしたら邪神クラスなのだろうが、あれ程の敵がそこらをうろついているわけがない。

「マリー、とりあえず苗に誰も手出しできないように結界を張ってくれ」

「はいなのです！」

そう返事をするとマリーが結界を張った。風の精霊王の結界だけあって、これを突破できる者はそういないだろう。

それから俺たちはアルフレッドが迎えに来るまでの間、その場で横になりゆったりとした時間を過ごすのだった。

★

「アリシアさん、もっと集中してください」

「はいっ！」

サラさんの指示が飛んでくる。

「良いですか？　怪我の細部まで治癒魔法を行き渡らせるイメージをするのです」

私はサラさんから旅の間に治癒魔法を教わり、こうして今も指導をしてもらっている。

「練度の高い治癒魔法は患者の命を救います。後遺症も残らないほど完璧な治癒は難しいですが、それに近いことは努力で可能になるのです。目の前の患者に全力を捧げてください！」

「はいっ！　聖女様」

私は額から汗を流しながら、全力で治療を行った。


「少し落ち着いてきたようですね。休憩にしましょうか」

時間が経ち、治療目的で訪れる人もまばらになってきた。私はイルクーツに戻ってからというもの、神殿に通い詰めていた。

各国には女神ミスティを崇める神殿が存在する。イルクーツは支部にしか過ぎないが、大陸北部には総本山である【ミスティ教国】がある。信者の望みは人生で一度はこの聖地を訪れ巡礼を行うことで、毎年多くの人々がかの国を訪れると言われている。

「それにしてもアリシアさん、今日は妙に表情が硬かったです。そのような顔では患者さんが安心できませんよ?」

サラさんに指摘され、私はギュッと拳を握りしめた。

それと言うのも理由がある。

最近、街でしきりにある噂が流れているのだ。

「………私は、一刻も早く力をつけなきゃいけないんです! どれだけ偉くなろうと、どこにいようとエルトはエルトだったから。

イルクーツに戻るまでは漠然としか感じていなかった。

だけど戻ってきて以来、私はエルトに会えていない。彼の屋敷は貴族街にあるので、一般人が気軽に立ち寄ることができないし、何より彼にどう接すれば良いかわからなかったからだ。

外に出ればエルトの噂が嫌でも耳に入る。『王国は彼に領地を与えるつもりだ』とか『貴族令嬢を集めたパーティーに参加して、その場の全員を虜にした』だとか……。

現在の彼はきやすく接するにはあまりにも身分が高くなってしまった。

そんな彼と対等に話すためには、サラさんのように周りに認められる実力と身分――それこそ聖女の称号を手に入れるしかなかった。

「焦りからは何も生まれません、相手を慈しみ、すべてを愛することが上達への近道ですよ」

サラさんはそう言うと立ち上がった。

「どちらに行かれるのですか?」

「最近……良くない病が流行っているらしく、アリス様からアドバイスが欲しいと言われたので城に行ってきます」

サラさんの言葉に胸が痛む。城にはエルトがいるかもしれない、私が立ち入れない場所にこの方は気軽に足を踏み入れることができるのだ。

「くれぐれも無理をしないように」

そう言ってサラさんが立ち去った後、私は一人になると、ある魔法の修練を始めるのだった。

「アリシアさん、そろそろ休んだ方が良いわよ？」

ここ数日、神殿の病棟で私は患者さんの世話をしていた。症状こそ重くはないが病が長引いている患者さんが最近増えている。次々と運び込まれてくるのだが一向に病が治らないため患者が減らず、神殿は人手不足になっていた。

そんな中、合間を見ては魔法の練習も行っているので、私は疲労が溜まっていて、それが顔色にも出ていた。

「はい、ここを終わらせたら休みます」

身体がふらつく。思えばイルクーツに戻ってからというもの、眠りが浅く体調が良くない気がする。

気力を振り絞り立ち上がったのだが、目がかすみ足元がふらつく。私は何か掴まなければと思い咄嗟に手を伸ばすのだが、視界が急激に変化し、地面が見えた。

「アリシアさんっ！」

叫び声が聞こえると、だんだんと意識が遠のいていくのだった……。

★

「緊急の呼び出しって何だろうな？」

イルクーツに戻ってから数週間が経過した。

俺とセレナとマリーは邪神討伐の報奨でもらった屋敷で、それぞれ自由な時間を過ごしていた。

マリーは屋敷中を探索したり、あるいは街に出掛けたり、他にはローラの下を訪れては喧嘩をして帰ってきて夕飯時に愚痴を言ったり。

セレナは弓の練習をしたり、エルフの村で培った知識をいかして怪我や神経痛に効く薬草を栽培し、腰が曲がって辛かったり、足を引きずっている使用人に分け与えていた。

お蔭で使用人とも打ち解け、アルフレッドなど「セレナ様の調合した薬は売れると思います。店を出されてはいかがでしょう？」と、すっかりセレナの薬に惚れ込んでいた。

俺はと言うと、日中は魔力や剣の訓練、他にはステータスアップの苗木の世話をして、夜はアルフレッドに頼んで国の歴史や、各国の情勢などを教わっている。

サラからの問いに対し、まず俺がするべきは、周囲の国々について知ることだと思ったからだ。

そんなわけで、全員が充実した生活を送っていたのだが、今朝になってアリスから『三人で至急城に来て欲しい』と呼び出しを受けたため、こうして出向いたわけだ。

登城すると早速城内へと案内される。向かった先は一階にある医務室だった。

部屋に入ると、何十人もの患者がベッドに横たわっている。年齢はおろか性別もバラバラで、見たところ外傷はなさそうだ。

「あっ、エルト君。来てくれたのね」

アリスが駆け寄ってくると俺の肩に手を置いた。数週間ぶりに見る顔はどこか懐かしく、ほっとした表情を浮かべる。アリスは疲れているのか少しやつれていた。

「エルト様、こうなったらエルト様だけが頼りです」

ローラが近付いてくると、不安そうに俺を見上げた。

「一体どういう状況なんだ？」

二人が醸し出す雰囲気から、ただ事ではないと察すると、病人を見ていた女性が立ち上がった。

「そのことについては私から説明致します」

腕まくりしていた裾をなおしながら、俺の下に歩いてくる。

「サラじゃないか」

病人を見ていたのがサラだったことに驚いた。

「現在、この国では原因不明の病が蔓延しています」

サラは珍しく疲れた様子をしており、表情にも陰りが見える。

「原因不明の病？」

二人は顔を見合わせるとお互いに頷き、ローラが説明を始める。

「元々、ローラたちが帰国する前からイルクーツで体調を崩す者が現れ始めていたのです。この病に罹った者は長期間微熱が続きます。ありとあらゆる治癒魔法も薬も効かず、最初に罹った者たちは衰弱していて、既に身体を動かすこともできなくなっています」

ローラの険しい表情が悲惨さを物語っている。

「少数である内は看病の手も行き届いていたのですが、最近、この病に罹る人々が急速に増えてきたのです」

ローラ曰く、神殿に不調を訴えて訪れる人が多すぎて、手が回らない状況らしい。

「実はここだけの話、国王も今は病床に伏しているわ」

アリスから知らされた話に俺は益々驚いた。謁見の時には病を患っているように見えなかったジャムガン様ですら寝込んでいるとは……。

「それは医者に見せたりしなかったのか？」

俺の言葉にローラは首を横に振る。

「既にお見せしました、ですがどの医者も『原因不明で下手に手が付けられない』と」

国王ともなれば国が抱えている名医が何人もいたはず。そのすべての医者が首を横に振ったとなると事態は相当深刻なのだろう。

「そこで私に声が掛かったのです。もしかすると私であれば治癒できるかもしれないと考えたのですが……」

サラは歯切れが悪く俯いてしまった。結果は患者で埋められた病室が物語っていたからだ。

俺はベッドへと近付き、寝込んでいる一人に手をかざすと【パーフェクトヒール】を使う。

「ううう……」

「駄目か？」

病が治る気配がなく、病人は苦しそうな声を上げた。

「マリー、これは瘴気のせいか？」

俺は宙に浮かぶマリーに確認をする。エリバン王国でもパーフェクトヒールで治療できない症状が存在したからだ。

「違うと思うのです、瘴気の気配が感じられないのです。今度は本当に治せないのですよ」

「私も村で父から色んな病気について教わっているけど、こんな症状見たこともないわ」

セレナがさらに言葉を重ねる。博識なエルフでも聞いたことがないらしい。

パーフェクトヒールに精霊やエルフの知識を動員しても原因がわからない。俺は拳を握りしめ自分の無力さを痛感していると……。

「勘違いしないでください、エルト様をお呼びしたのはそれだけではありません」

そう言うとローラは一冊の本を差し出してきた。

「こちらは城の禁書庫から拝借した本なのですが、その内の一冊に興味深いことが書かれています」

彼女はページをめくると、それを俺たちに見せた。

「イルクーツの北方にある【フィナス大森林】。その森のどこかに洞窟があるそうです。洞窟の中には泉が湧きだしており、その水はありとあらゆる病に効く万能薬と書かれております」

ローラは全員に聞かせるように周囲を見渡した。

「これを書き記した人物は実在した賢者で、事実、過去にイルクーツを襲った疫病を鎮静化させた記録が残っています」

フィナス大森林と言えば、昔、俺が住んでいた村の近くに入り口があり、過去にアリシアが迷子になったことがある場所だ。

ここから馬車で四日程の距離で、大森林の名の通り、広大な森がどこまでも広がっている。迷いの森同様、入った人間が戻って来られないことで有名だ。

「エルト様、それにセレナにもお願いがあるのです」

ローラは瞳を潤ませると俺の両手を握った。

「どうか、ローラとフィナス大森林に向かっていただけませんか？　ローラはこれ以上父を……、大切な国民を苦しませたくないのです」

「既にこの病は王国中に広まりつつあって、一部の人間はそれに気付いているの。このまま放置したら弱体化したところを周辺国に付け入られて蹂躙されるか、疫病で滅んでしまうわ。エルト君。お願い、私たちに力を貸して」

アリスが、ローラが、サラが、皆が俺を見ている。このまま放っておけば、この国は確実に悪い方向へと傾くことがはっきりしている。

俺が動くことで少しでも不幸になる人が減ると言うなら……。

「俺の力を必要としてくれるなら、喜んで手を貸すよ」

「森なら私も行った方が確実よね」

「マリーは御主人様と一緒なのです」

俺たちは伝説の万能薬を求めて大森林へと向かうことになった。


「ここが大森林の入り口だ」

あれから四日、俺たちはフィナス大森林の入り口まで来ていた。万能薬を求めてこの場に立つのは、マリーとセレナとローラと俺の四人。

アリスは国王が倒れてしまったので、政務を代行しなければならず、サラは患者を診ているのでイルクーツから離れられなかった。

目の前にはいくつもの巨大な木が高く伸びている。子供のころは特に意識したことがなかったが、こうして見るとその壮大さに圧倒されてしまう。

「エルト様の故郷の村ですよね？」

ローラが横に立ち、森を見上げていた。

「ああ、俺はこの村で生まれて十二歳まで育った」

両親を失った後、天涯孤独の身となった俺の面倒をアリシア一家が見てくれた。

アリシアの両親の都合で引っ越す時、俺も一緒に王都へと引っ越したので戻ってくるのはかれこれ五年ぶりになる。

そこら中に見覚えがある風景が広がっていて、アリシアと遊んだ記憶が蘇り、懐かしい気分が湧き起こった。

「アリシアがここにいたら喜んだだろうな」

病床で意識を失って横たわっていたアリシアの姿を思い出す。

イルクーツに戻って以来、ずっと神殿に詰めていたせいで、いち早く病に罹って倒れてしまったらしい。自分の身を顧みないで他人の治療を優先するあたり、彼女の心根は昔から変わっていないようだ。

「彼女のためにも何としても万能薬を手に入れなければなりません」

ローラはそう言うと、気合いを入れ直す。

「もちろんだ！」

ジャムガン様やアリシア、他にも苦しんでいる人々の姿を思い浮かべると、

「皆、行くぞ！」

「うん！」

「はい！」

「なのです！」

俺たちは森へと踏み入った。


鬱蒼とした森を歩く。陽の光が木々に遮られているので本来なら真っ暗なはずなのだが、ローラが生み出した魔法の明かりが周囲に浮かんでいるお蔭で視界が確保できている。

問題は目立つのでモンスターなどを引き寄せてしまうのだが……。

「今のところ、モンスターの接近はないのです」

マリーがうさ耳の魔導具で索敵を行っているので不意打ちを受けることはない。

「モンスターを発見したら教えてね、私が全部倒しちゃうから」

これまでの道中も遠方にモンスターを発見していた。だが、こちらに気付く前にセレナが矢で射貫いて倒したので、まともな戦闘には一度もなっていない。

セレナの弓の腕前は見事だ。魔法を使うと周囲まで巻き込んでしまい、森を騒がせてしまうので対象だけを静かに倒してくれる弓術は非常に助かる。

「これだけ深い森だ、俺たち人族ではまともに進むこともできなかったな」

「ええ、セレナに頼ったのは正解でした。流石はエルフですね」

長年森で暮らしていただけあって、セレナは森に慣れている。お蔭で方角がわからなくなることがないので時間の浪費を避けられている。

「むきーっ！　マリーだって方向くらい把握できるのですよ！」

セレナに対抗したのか、ローラを意識したのかマリーが叫ぶ。

「ああ、マリーにも助けられている。お前がモンスターを看破してくれたお蔭で無駄な戦闘を避けることができているんだからな」

「ふふん、わかれば良いのですよ」

そう言って頭を撫でてやる。すると身体を寄せ大人しくなった。

「セレナ、さらに北に向かいます」

そうしている間にセレナと話し、現在地の確認をしたローラが次に進む方向を指さす。完璧な布陣のお蔭もあり、俺たちは順調に目的地へと進むのだった。

「きゃっ！」

転びそうになったローラの肩に腕を回して支えてやる。

「大丈夫か？」

額に玉のような汗を浮かべて息を切らしている。無理もない、ここ数日、休みもなく活動していたせいで疲れが溜まっているようだ。

「はぁはぁ……平気です」

だけどローラは愚痴一つこぼすことなく俺たちに付いてきた。

「日頃から運動しないからなのです」

「あなたに言われたくないです」

マリーとローラがいがみ合う。ローラの様子が心配だったが、こうして喧嘩をする元気があるならまだまだ平気だろう。

「あんな悪態ついて、素直じゃないわよね」

そんな二人を見ていると、セレナがこっそり耳打ちをしてくる。

ローラの周囲だけ別で気温を調整したり、転びそうになった瞬間、風の精霊を使い、支えようとしたことに俺もセレナも気付いている。感知できないのは精霊使いではないローラだけだ。

「そろそろ目的の洞窟に到着してもおかしくないのですが……」

言い争いを止めたローラは、地図を広げて現在地を確認している。

「そう言えば、どうしてそんなことがわかるの?」

地図にはこれまで辿ってきた進行ルートが書き込まれている。道中、ローラがセレナやマリーに方角を確認しつつ記したものだ。

「ローラは万能薬の手掛かりが書かれた本を隅から隅まで読みました。当時の地形と気候、そのほか手持ちの食糧などなどの記述から計算したところ泉がある洞窟はこの辺りに存在するはずなのです」

そう言って地図の一点を指した。

「へ、へぇ……計算でそんなことまでわかっちゃうんだ」

「ええ、多少の誤差はありますが」

セレナが頬を引きつらせていると、ローラはきょとんとしている。

「ローラの能力は俺が保証する。まず間違いなく合っているはずだ」

グロリザル王国のカストルの塔に入った時も、塔の構造を一度地図を見ただけで記憶していたし、悪魔族でも解けない魔導防犯機能を解除してみせたのだ。彼女は紛れもなく天才に違いない。

「そのわりには生き物の気配すら希薄になってきているのです……のひゃあぁ⁉」

「どうした、マリー?」

突然悲鳴を上げたマリーは背中に手をやり何やら踊り出した。

「せ、背中に何か落ちてきたのです！　もぞもぞ動いて……あっ、やんっ！　そこは駄目なのですよぉ！」

背中に手を伸ばしてくるくると回っている。衣装がはだけて艶やかな表情を浮かべている。

「ご、御主人様！　と、取ってくださいなのです！」

正面から抱き着いてきて涙を浮かべて懇願する。放っておくわけにもいかない。俺は溜息を吐くとマリーの背中に手を突っ込んだ。

「ん、こいつか？」

掴んだ何かを引っ張り出してみると、親指ほどのサイズの芋虫だった。

「落ち着けマリー、ただ芋虫が落ちてきただけだ」

そう言って芋虫を近くの葉へと移してやる。

「そんな馬鹿なことないのです！　マリーは自分の身体を風のバリアで守っているはずなのです！　芋虫が入ってこられるわけないのですよっ！」

確かに、俺たちはマリーが張った風の壁があるのでこれまで虫が取り付くようなことはなかった。だとすると、なぜ突然芋虫が落ちてきたのだろうか？

「エルト様、こっちに」

ローラが手を引っぱり俺を抱きしめる。体格差のせいで、彼女が俺の胸にすっぽりと収まった形だ。

視界にローラが掲げた杖が映り、続いて魔力障壁が頭上に展開された。

「わわわわわっ！　じ、自分たちだけずるいのですっ！」

上から大量の毛虫や芋虫が降ってきて魔力障壁に当たって地面へと落ちる。

「流石にここまで大量だと気持ち悪いわね」

落ちてくる虫の気配を察知したセレナは、被害に遭う前に素早く俺の背中に抱き着いていた。

「あなたは精霊なのだから刺されても平気でしょう?」

マリーにだけ厳しく接するローラ。次々と降り注ぐ虫を風で吹き飛ばしてガードしていたマリーだったが……。

「うぬぬぬぬ、今はっきりわかったのです。何者かが森を操っているのです。風の精霊王を馬鹿にした罰、きっちり受けさせてやるのですよ！」

「きゃっ！」

マリーの身体が緑色に輝き、毛虫が吹き飛ばされてローラの足元に落ちる。

彼女を中心に暴風が吹き荒れ、竜巻となり地面からあらゆるものを巻き上げた。

「ふふふ、こうなったらもう容赦しないのです。この森の木々をなぎ倒して地形を変えてやるのですよ」

目を血走らせたマリーは真紅の瞳を輝かせ、天に向かって叫んだ。

「食らうと良いのです！　邪神に傷を負わせたマリーの一撃！　【ヴァーユトルネード】なのです！」

魔力を高め、森に向けて魔法を放とうとした瞬間、

『止めよ！』

「えっ⁉」

どこからともなく声が聞こえ、マリーの魔法が霧散した。

「どこにいるのです！　こそこそしていないで姿を見せるのです！」

マリーは周囲を見渡すと謎の声の主に呼び掛けた。

『わらわは逃げも隠れもしておらぬ、お主らがこの森に入った時からずっと姿を晒しているではないか』

どこから声が聞こえているのか探ろうと、俺とセレナも耳を澄ます。だが、森全体から声がしているようで発信源を掴むことができない。

「くっ！　魔導具に反応がないのです！　嘘つきなのですよ！」

これまでの旅で活躍してきたマリーのうさ耳型索敵魔導具がピクピク動いている。

『嘘つきとは心外な、そこまで言うならばお主らにも見えるようにしてやろう』

次の瞬間、どこからともなく風が発生し、俺たちの背後から霧が現れた。

「きゃっ！　エルト様」

ローラのローブがはためき、倒れそうになって俺の腕を掴む。

「しっかり掴んでいろよ」

俺はローラを支えると前を見た。

「ちょっ、何なのよ一体！」

セレナがスカートを押さえながら文句を言っている間にも霧が集まっていく。やがて霧が人型を成していき……。

「ふぅ、人前にこうして姿を晒すのはいつぶりかの？」

霧が止むと、そこには一人の女性が立っていた。


「うううううう」

先程まで威勢が良かったマリーが震えている。歯をカチカチ鳴らして目に涙を溜めながら突如現れた女性を見ていた。

俺は流れ落ちる汗を拭いながら、目の前の女性を注意深く見る。

腰まで届く艶やかな黒髪に頭部に生えた二本のツノ、後ろで動く尻尾、黒曜石のような瞳が俺たちをじっと観察している。ひらひらした黒い布地の服を着ていて、それを腰回りの帯で留めているが、あれは異国の服だろうか？

本人はただ立っているだけのようだが、女性からにじみ出ている威圧感は邪神と対峙した時と同じだ。

「えっと、その衣装は遠い昔に東方の国で着られていたキモノですか？　貴女は一体……？」

俺とマリーが圧力に抗っていると、ローラが女性に話し掛けた。

「わらわはリノン。お主らにはディープリノンと名乗った方が早いかのぅ？　この森の主にして、一万年の時を生きる古代竜じゃ」

その名前に俺たちはギョッとし、目の前の女性を凝視した。

「古代竜【ディープリノン】……、父から聞いたことがあるわ。迷いの森とは違う大きな森に住まう古代竜がいるって。その古代竜が住む森は人に荒らされることなく、獣や木の実などが豊かに実をつける場所だと。ここがそうなのね」

セレナは目を閉じると森の空気に溶け込むように身を委ねる。

「ふふん、お主の父はエルフか？　確かにエルフにとってはこの大森林は心地よい場所であろう。なかなかよくわかっているではないか」

機嫌が良いのか、リノンはセレナの言葉に頷いて見せた。

「深淵なる大森林を守護する【ディープリノン】。まさかこのイルクーツに存在していたとは思いませんでした」

「イルクーツ？　ああ、この森の外にある国のことか？　国ができた後にわらわが来たのではない。元々、わらわがここに住んでいて国が勝手にできたのじゃ」

「ひうっ⁉」

俺とマリーの身体に力が入る。一瞬でリノンからのプレッシャーが跳ね上がったからだ。

「エルト様？」

「エルト、それにマリーもどうしたのよ？」

俺たちの様子に気付いたローラとセレナが怪訝な顔をした。

「ほう？　お主らは……」

「くっ！」

「ち、近付かないでなのです！」

リノンは一瞬で距離を詰め俺たちの前に立つと、無遠慮な視線を向けてきた。

「どうやらお主たちは相当の実力者のようじゃな。わらわは力を抑えているのじゃが、かすかに漏れ出たそれを感じ取ったのであろう？」

リノンは友好的な笑みを浮かべているが、些細なことで機嫌を損ねたらと考えると迂闊な返事はできない。俺とマリーが彼女のプレッシャーで身動きを取れなくなっていると……。

「なんじゃつまらんのぅ。これでどうじゃ？」

指をパチンと鳴らす。

「……はぁはぁ」

「はふぅ……なのです」

プレッシャーから解放された俺とマリーは、地面に崩れ落ちた。

「ちょ、ちょっと、どうしたのよ、二人とも？」

「服が汚れてしまいますよ？」

セレナとローラの声を遠くに感じる。

「これで平気であろう？」

リノンはかがんで俺たちと目線を合わせる。そして口元に扇を当てると笑みを浮かべるのだった。


それから、どうにか落ち着いた俺たちはリノンに促されるまま後ろを歩いた。

しばらくすると、洞窟が見えてきて彼女は躊躇うことなく入っていく。

中は入り組んでおり、進んでいる間にいくつもの横穴が見えた。

「ローラ、平気か？」

振り返ると遅れているローラに声を掛ける。ここは地面がデコボコしているので歩き辛いのか、元々体力に不安があるローラは息を切らせている。

リノンがどんどんと前に進んで行くので休むこともできず、一人で戻ろうとすれば道に迷うことになる。どうにかついていくしかない。

「ほら、俺が支えてやるから……」

「あ、ありがとうございます。御迷惑を掛けて申し訳ありません」

抱きかかえて運ぶことも考えたが彼女はそこまで弱っているわけではないので止めておく。まだリノンを信用できるか判断ができなかったので、いつでも剣を抜けるようにしておきたい。

「それにしても、このような入り組んだ洞窟が森の真ん中にあるとは、おそらく普段は彼女が結界を張っていて気付けないのでしょうね」

呼吸を整えたローラは冷静に周囲を観察する。

「ところどころに魔力反応、おそらくルートを外れると罠が仕掛けられています。私が印をつけていた地点までまもなくと言うことを考えると……」

ぶつぶつと呟くローラ。彼女の声に期待が混じり始めていた。

結構な時間歩き続け、ようやく辿り着いたのは空洞だった。丸天井になっており、中心は泉が湧きだしているせいか妙に涼しい。

奥には金銀宝石などが無造作に積み上げられている。おそらくここがリノンの棲み処なのだろう。

「して、お主らはなんの目的でこの森に入ってきたのじゃ？」

中央にテーブルが置かれており、それぞれ椅子に腰掛ける。

リノンはテーブルに肘を乗せると俺たちに質問をした。

「この大森林の奥に、すべての病を治せる万能薬が湧きだす泉があると知り訪れました」

ローラは胸に手を当てると、ここに来た理由をリノンに説明する。

「うん？　そんなモノ、この森に存在せぬぞ？」

とぼけた様子はない。驚く様子からして本当に知らないのだろう。だが、俺もセレナもマリーもとある一点を見つめていた。

「……あちらにある泉のことではないかと推察するのですが？」

駆け引きをしても無駄と考えたのかローラは疑問をぶつけた。

「あれか？　あれはただの湧き水じゃぞ？」

「そんなはずありませんっ！　だって、ローラはあらゆる観点から分析してここにあると判断したんです。実際に来てみてそこに泉があるじゃないですか！　こんなの偶然とは思えませんっ！」

「そう思うのなら、あの泉の水を汲んで持って行くと良い、わらわも寝床の水を持ちだすくらいなら咎めることはないのじゃ」

リノンはつまらない者を見るような目でローラを見た。

「くっ！」

ローラは席を立つと走って泉に向かう。そして跪き、手で泉の水を掬って飲んだ。

「どうだったの、ローラ？」

力が抜け、ローラの手がだらりと下がる。

「……ただの、水です」

セレナに返事をすると、うなだれる。

「じゃから言うておろう」

リノンは腰に手を当て、呆れた表情をする。

「ローラは……私は、国民の命を背負ってきたのです。このまま帰るわけにはいきません！」

へこたれることなく立ち上がるローラをリノンは興味深く見つめた。

「なかなか良い目をしている。気に入ったのじゃ、ここに滞在することを許すから好きなだけ調べるがよい」

「あっ、ありがとうございます！」

ローラはほっとすると、早速俺たちにテキパキと指示を出し始めるのだった。

★

『例のエルト一行ですが、イルクーツへと到着いたしました』

「そうか、それは何よりだな」

部下の報告にデーモンロードは含み笑いをする。

「して、その後どうしておるのだ？」

『はい、イルクーツに戻りしばらくのあいだ、久々の故郷で寛いでいたようですが、謎の病が蔓延し始め、それどころではなくなった模様です』

「くくく『謎の病』か、愚かな人族では気付けぬだろうな」

イルクーツに蔓延している病は悪魔族が仕組んだものだった。本人を抹殺する前に身近にいる人間から攻めて、苦しめてやろうという。

「いくらやつが聖杯を作れたとしても、あの病だけは治癒できぬ。あれは我自ら呪力を注いだものだからな」

じわじわと身体を蝕み衰弱させていくという病に、デーモンロードが呪いを上乗せして放ったのだ。

この呪いはどれだけ優れた治癒士でも解くことができず、そうかと言って聖気でその場を満たせば自然に治るものでもないので、たとえエルトでも治療は不可能だ。

「して、やつは今頃どのように苦しんでいるのだ？」

呪いの進行速度はあえて遅くしている。親しい者が長きにわたって苦しみ続け、為すすべなく命を落としていく。自分の無力さに絶望したエルトの姿を永く見ていたかったからだ。

『やつらは現在王都にはおりません。フィナス大森林へと向かいました』

「フィナス大森林だと？」

意外な地名にデーモンロードは眉をピクリと動かした。

「なるほど……あの伝説に目を付けたのか」

そしてアゴに手を当てると、何かに納得したように頷いた。

『何か御存知なのですか？』

部下の質問に、デーモンロードは愉快そうに笑う。

「五百年前にイルクーツで疫病が流行った時期があってな、その時にフィナス大森林に入って万能薬を持ち帰った者がおるのだよ」

『本当にそのような万能薬が存在するのでしょうか？　神殿ですら、その存在を把握していないようですが？』

実在するのなら神殿が放っておくわけがない。部下の疑問にデーモンロードは確信をもって答えた。

「いや、間違いなく万能薬は存在する。そしてそれを用いれば我が掛けた呪いによる病も治癒できるだろうな」

『もしそうなら、エルトは万能薬を持ち帰ってくるのではないでしょうか？』

何せ邪神を倒し悪魔族の企みを打ち破った相手だ。そのくらいは可能ではないかと考えるのが自然だ。

そうなると、身内を攻めてエルトを苦しめる計画がとんざしてしまう。

「くくく、それは不可能だろう。なぜならあの万能薬の正体は……」

仮に万能薬まで辿り着いたとして生きて帰ってこられるかどうか。もしかすると自分が手を下すまでもなくエルトは死ぬことになるかもしれない。そんな想像をしていたデーモンロードだが、

「いや、それは早計か」

自身の甘い考えを追い出すと表情を引き締めた。

「他に報告はないか？」

肘掛けに右腕を乗せ、部下に促す。

『あと一つあります。実はやつの身近に……』

エルトが死ぬかもしれないのはあくまで可能性の話。万能薬の正体に気付けずに戻ってくることもあり得る。デーモンロードは報告の続きを聞く。

「ほう、そいつは確かに使えそうだ」

新しい情報に前のめりになったデーモンロードは何かを思いついたように笑って見せる。

「何としてでもそいつを手に入れろ。それにしても素晴らしい報告だったな、流石は【堕天】だ」

『お褒めにあずかり光栄です』

デーモンロードの誉め言葉に感情を揺らすことなく通信が切れる。

「くくく、エルトめ。悪魔族に逆らった代償、その身で払ってもらうぞ！」

★

「とにかく、時間がありません。急いで調査を終える必要があります」

リノンの洞窟に滞在して既に三日が経った。それまでの間、俺たちは万能薬の手掛かりを何一つ見つけられなかった。

テーブルに地図を広げると、ローラは皆の顔を順番に見た。

「書物に書かれた記述から判断すると、万能薬が湧き出る泉はこの近辺に間違いなくあるのです。今も苦しんでいる家族が、国民がいます。ここまで来たのなら何としても万能薬を持ち帰らなければなりません」

王族としての責任感なのか、父親を助けたいと思う家族愛なのか、ローラは必死に俺たちへと訴えかけてきた。

「どうやって泉を探すつもり？」

病が蔓延してから既に数ヶ月が経過している。最初は軽症だった人間も衰弱しているので、犠牲者が出るまでそれ程の猶予は残されていないとサラが言っていた。

「他の治療法をサラが試しているはずだが、今のところ連絡がないということは見つかっていないんだろうな」

もし見つかっていれば、アリスあたりから通信魔導具で連絡が入るはずだろう。

「つまり、あと数日以内に見つけて戻らないと駄目ということですね」

戻る時間も考慮すると、それ程時間は残されていない。

ローラは険しい顔をすると唇を噛み、必死に頭を回転させると、

「こうなったら作業を分担しましょう」

ローラは地図に丸を付けると範囲を三分割した。

「エルト様、セレナ、マリーはこの丸で囲った場所をそれぞれ探索してください」

思っているよりも狭い範囲だ。これなら数日で回ることができる。ローラが期日までに捜索可能になるように線引きしたのだろう。

「何か発見したら通信魔導具で連絡を〝泉〟と言う言葉にこだわる必要はありません、小さな湧き水でも湖でも、水があるならすべて報告してください」

わずかな可能性でもあれば縋りたいと言う気持ちが切実に伝わってくる。

「ふん、なぜお前が仕切るのですか。マリーの御主人様はエルト様なのです。そんな命令聞く必要は……」

マリーがいつものように悪態をつこうとしたところ……。

「お願いします、協力してください。私は……皆を助けたいの」

ローラが頭を下げた。普段からいがみ合っているマリーに頭を下げるのは屈辱なのだろうが、民を想う気持ちの前には拘っていられないようだ。

「ふ、ふん。仕方ないのですよ。よ、よく考えたらアリシアが治らないとお菓子を作ってもらえないのでマリーが困るのです。これは命令を聞いているんじゃなくてマリーの意思で行動しているからセーフなのですよ」

照れ隠しなのか、狼狽えながら早口でまくし立てる。そんなマリーの態度にあっけにとられたローラだったが、

「ありがとう」

二人の間にこれまでと違う空気が流れた。

「うっ、べ、別に礼を言われるようなことじゃ……」

ローラから笑顔を向けられて困った様子を見せるのだが……。

「とにかく時間がない！　すぐに行動を始めよう」

俺たちは一斉に動き出すのだった。

拠点としているリノンの洞窟内でローラはカリカリとペンを走らせ続けている。

地面には何千枚もの紙が散らばっていて、地図には発見した水源の位置が記号にて記されて

いた。

彼女はこの数日、一切睡眠をとらずに演算を続けている。それと言うのもこれだけ探してもいまだに万能薬が見つかっていないからだ。

「ローラ、一度休んだらどうだ?」

このままでは身体を壊してしまう。たとえ万能薬が見つかったとしても、その時にローラが無事でなければ意味がない。

「どうしてっ！　考えられる範囲のすべての水源を調べ尽くしたのにっ！」

どこで採取したかわかるように記号がつけられた器に水が入っている。

その器の数は数百にも上るのだが、ローラの検査と俺のストックによる表示でただの水であることがはっきりしている。

次第にペンを走らせる音が小さくなり、やがて………。


――カランッ――


ペンが地面に落ち、ローラは俯くと小刻みに肩を震わせる。

「まだ時間はあるのですっ！　捜索範囲を広げるのですっ！　ローラ！　早く指示を出すのですよっ！」

俺とセレナが何を言ってよいかわからずにいると、マリーがローラに檄を飛ばした。

「無理よ……もう。時間が……足りない」

今すぐ戻ってもギリギリ間に合うかどうかなのだ。根拠もなしに捜索範囲を広げたところで万能薬が見つかる保証は一切ない。

「無理でもなんでもやるのですっ！　妙に自信満々でやり遂げるのがお前なのです！　薬を見つけたらマリーが昼夜問わず飛んで届けて見せるのです！　だから……諦めるなっ！」

「あなた……」

ローラは驚いて顔を上げる。必死にローラへと訴えかけるマリーをじっと見つめていた。

やがて彼女の瞳にふたたび光が戻る。

「ふんっ、マリーに言われるまでもありません。私は最後まで諦めませんから！」

極限の状態でこそ、人の本性というのは出るもの。普段は悪態ばかりついて喧嘩をしているが、マリーとローラの間にお互いを思いやる友情が芽生えていることを素直に嬉しく思った。

「なんじゃ、まだ帰らぬのか？」

二人の言い争いが止むタイミングを待っていたかのようにリノンが近付いてきた。

欠伸をして、はだけたキモノを肩に掛け直している。どうやら今まで眠っていたようだ。

「時にローラよ、ちょいとそこの水をもらうぞ」

リノンはそう言うと、俺たちが汲んできた湧き水を沸かし始めた。

「それにしても人間は面白いことを考えるのぅ、そこらに生えている葉っぱを煮出してこのような嗜好品を作り上げるとは」

お湯が沸くと手際よくティーポットに茶葉を投入して紅茶を淹れる。俺たちが持ってきた物なのだが、いつの間に覚えたのかなかなか良い手つきだ。

やがて、紅茶が抽出されたのかカップに注ぎ、湯気を鼻一杯に吸い込むと口を付ける。

「ハーブなどもそうじゃが、植物が元々持っている薬効成分というのはなかなか侮れぬな」

「ほぅ」と息を吐き満足そうに笑うリノン。唐突に話しだした彼女に俺たちは困惑する。

「……ええ、まあ。人類は身近な植物を研究し、それらを嗜好品とするようになりましたから」

こんな時だと言うのに話し掛けてくるリノンに、ローラは困惑しながらも返事をする。

「お主らも飲め。ハーブの成分が湯に溶けだして美味じゃぞ。これを口にすれば疲労も回復するのじゃろう?」

そう言うと全員分の紅茶を用意する。

「うん、自然の葉の苦みが染みて疲労が抜けるわ」

「そうなのです、まずは紅茶を飲んで元気になるのです」

セレナとマリーに従い、俺も紅茶に口を付ける。

「ローラ。飲まないのです?」

口元に手を当てぶつぶつ呟いていたローラだったが、マリーの呼びかけで顔を上げた。

「あっ、いただきます」

そうして五人でテーブルを囲む。

「湯に入れて成分を煮出すと言えば……。思い出したのじゃが、人間はハーブ以外にも動物の肉や骨なども煮込んで味付けをしているようじゃな？」

「ええ、エルフの里では狩った獲物は余すことなく使うことにしているから。それぞれの部位に対する料理方法も伝えられているわ。骨を煮込んで出汁をとったスープとか、血を混ぜたソースとかも焼いた肉にかけたら美味しいわよ」

「それは是非一度、馳走してもらいたいものじゃ」

セレナの説明を聞いたリノンは腕を組むと目を瞑り、料理を想像していた。

「その時はマリーも呼ぶのです！」

三人の会話が盛り上がっていて、先程までのような絶望した空気が消え、俺もつられて笑みを浮かべていると、

「それですっ！」

ローラが突然テーブルを叩いて立ち上がった。

「わわっ！　何なのです？」

マリーは驚くとカップを落としそうになり、受け止める。

「万能薬はただの泉の水じゃなかったのです。おそらく、ここでしか手に入らない植物か何かの成分を抽出した……」

ローラは自分の思い付きを検証すべく思考する。ここに来るまでに存在した植物を照らし合わせているのだろう。

「でも……。私、捜索しながらも植物を見ていたけど、この辺に生えていたのはごく普通の植物だったわよ？」

「セレナの言う通りなのです、マリーの知っている範囲でも特別な植物は見当たらなかったのですよ」

「そんな……これも間違っているの？」

唇を噛みしめるとローラは俯いた。そんなローラを見たセレナとマリーはお互いに顔を見合わせると考え始める。

そして何かを思いついたのか、口元に手を当てて目を開く。

「……そう言えば、父さんから聞いたことがあるわ」

「ヨミさんから？」

「伝説の暗黒竜アポカリファニスが討伐された時、その血を飲んだ人物はあらゆる病を克服し不老の身体を手に入れたって」

「今から四千年ほど前の話じゃな。懐かしいのじゃ」

リノンはゆったりと寛ぐと、まるで当時を知っているかのようにしみじみと頷いて見せた。

現れた時に『一万年を生きる』と言っていたので、本当に知っているのだろう。

「その話ならマリーも聞いたことがあるのです。古来より永く生きた竜の血には特別な力が宿ると」

二人は揃ってリノンをじっと見つめる。その視線の意味をローラは理解した。

「書物から分析した場所にある泉……ここでしか手に入らない何か……古代竜……」

ローラの言葉と共に、俺たちは確信へと近付いて行く。

リノンを見ると、彼女はローラを見ながら笑っていた。

やがてローラは顔を上げ、はっきりとリノンを見据えると、

「万能薬は泉にリノン様の血が溶け込んだもの！」

「うむ、正解じゃ」

三人で辿り着いた答えを、リノンはあっさりと肯定して見せた。

「どうして最初からおっしゃってくださらなかったのですかっ‼」

真相がはっきりすると、ローラはリノンを責めた。再三にわたって時間がないと焦りながら、それでも一縷の望みを託して探索をしていたのだ。

もし最初から打ち明けてくれていたら、病に苦しむ人も減っていたに違いない。

「まあまあ、とりあえず万能薬の正体を突き止めたんだから良いじゃない」

「そ、そうなのです。ここで喧嘩するだけ時間が勿体ないのですよ」

険悪になりそうな雰囲気を察してか、マリーとセレナがローラを落ち着かせようとする。

いずれにせよ今は争っている時間が惜しい。あとはリノンに頼んで血を分けてもらえばよいだけなのだ。

「別に教えなかったのは意地悪からではない、知ったところで無駄じゃから伝えなかっただけじゃ」

「と言うと?」

俺はリノンに聞き返す。

「そもそもお主らは勘違いしておるようじゃが、わらわは泉の水を持ちだす許可はしたが、血をわけてやるとは一言も言っておらぬ」

「そ、そんな……こうしている間にも苦しんでいる人々がいるのですよ⁉」

リノンの言葉にショックを受けたのか、ローラが感情的になり叫んだ。

「それこそ知ったことではない、人族が苦しんでいるからと言ってもわらわが血を流す理由にはならぬ」

友好的に接しているから忘れそうになっていたが、相手は伝説に名を残す古代竜。ローラの訴えに対し表情一つ変えることなく拒絶した。

「だったら、手の打ちようがないじゃないっ！」

ここまで解き明かしておきながら最後の最後で諦めるしかないのか、俺たちの間に絶望の空気が流れると……。

「あまり勧めはせぬが、一つだけ方法があるじゃろ」

「えっ？」

ローラは驚くと、リノンの言う方法を聞くため意識を集中する。

「万能薬が欲しいと言うのなら戦って、わらわに血を流させればよいのじゃ」

次の瞬間、リノンが笑うと恐ろしい程の圧力が洞窟内を満たした。

◇

「くっ、まさか伝説の古代竜と戦うことになるなんて……」

ローラは距離をとると『神杖ウォールブレス』を構えた。

「泣き言は後なのですっ！　今は目の前のリノンを何とかしないとっ！」

マリーは宙に浮かび上がると、両手を前に突き出しリノンを牽制する。

「古代竜が相手なんて聞いてないわよっ！」

セレナは涙を浮かべると短剣を構えた。

「小僧、お主は構えぬのか？」

リノンは俺を見ると、怪訝な表情を浮かべる。だが、俺はこの状況になっても戦うべきか悩んでいた。

「エルト様っ！　何をしているんですかっ！」

「相手はリノンなのです！　そのままだと攻撃を受けてしまうのですっ！　御主人様っ！」

「エルト、何考えているのよ？」

ローラが、マリーが、セレナが次々と声を掛けてくる。あのリノンのプレッシャーを受けながら挫けないのは大切な者の命が懸かっているからだろう。

「ふむ、この場で一番ましな相手かと思っていたのじゃが、単なる腑抜けか。興ざめじゃな」

リノンはそう言うと、俺から興味を失い、視線を外した。

「仕方ないのぅ、せめてハンデをやろう。わらわはここから一歩も動かぬから好きに攻めてくるが良い」

「「なっ！」」

リノンの宣言でローラとマリーの気配が変わった。

「ふざけるななのですっ！　ちょっとマリーより七千年くらい長生きしたババアだからって調子に乗るななのですっ！」

「ふっ、口で何と言われようとわらわに傷一つ付かぬぞ、小娘がっ！」

そう答えた割にはリノンの目はマリーを睨みつけている。

「こうなったら最大魔法を至近距離からぶち当ててやるのですっ！　食らえっ！　【ヴァーユトルネード】」

「あっ！　馬鹿っ！　勝手な行動を取らないでくださいっ！」

マリーは宙を飛ぶと凄い速度でリノンへと突進する。そして接触するやいなやというタイミングで自分の最強魔法である【ヴァーユトルネード】を放った。

「や、やったのですっ！」

洞窟内に轟音が鳴り響き、これまで集めていた水が入った器が吹き飛ばされる。俺もマリーのあの魔法をストックしており、たまに使うのだが、圧縮された風は岩石を砂塵に変えるほどの威力を有している。まともに食らえばダメージは測りしれない。

「マリーちゃん油断しないでっ！　反撃があるわよっ！」

セレナは怒鳴ると目を凝らし煙が晴れるのを待った。

「「なっ⁉」」

「ま、まったくの無傷だなんて……」

ローラの声が震えている。今の【ヴァーユトルネード】はマリー最大の必殺技。この中でもっとも威力の高い攻撃方法だったのだ。

「この程度で何を驚いておる、わらわの力を過小評価しすぎじゃぞ？」

三人から視線を外してキモノのホコリを払うリノン。彼女はこの程度の攻撃を脅威とも思っていない様子だ。

「むっ！」

リノンが何かに気付いて顔を上げる。

「どうにかして直撃は避けたんでしょうけど、直接攻撃ならっ！」

その隙を突いてセレナが背後へと回り込むと、首筋に短剣を突き立てた。

「嘘ッ!?」

人間の姿をしているが、リノンは古代竜。皮膚の強度は相当なものらしく、突き刺した短剣の方が駄目になり、先端が欠けてしまった。

「さて、こちらも反撃させてもらうかのぅ」

短剣を見つめ、呆然としながら立っているセレナにリノンは狙いを定めた。

「セレナっ！　危ないっ！」

リノンが腕まくりをし、右手で掌底を繰り出す。


――ガイイイイイイイインッ！！！――

「危なかったっ！　ローラ、ありがとうっ！」

リノンが放った掌底はローラの魔力障壁に阻まれる。あれだけ離れた場所に強度がある魔力障壁を出すのは常人には不可能。今の攻撃はローラでなければ防げなかっただろう。

衝撃の音からして、まともに受けてしまえば致命傷は避けられない。そのことを察したセレナの頬から汗が流れ落ちた。

「バラバラに攻めても勝ち目はありませんっ！　集まってくださいっ！」

ローラの呼びかけに応じ、セレナとマリーが集まる。

「とにかく、あの馬鹿気た防御力を突破しないことには……」

「それより反撃だわ。あんなの食らったらただじゃ済まないし」

「とにかく攻めて攻めて攻めまくるのですっ！」

「マリー、馬鹿なんだからちょっと黙って、考えが纏まらないっ！」

「な、何をっーーーー‼」

言い争いを始める三人。リノンは宣言通り動くつもりがないようで、腕を組むと愉快そうにその光景を見つめていた。

ふと、リノンがふたたび俺に視線を向ける。

「小僧、お主は本当に参加せぬのか？　今ならハンデをそのままにしておいてやるが？」

「遠慮しておきます」

俺はリノンの申し出を断った。

「……ふむ、面妖なやつじゃな」

不思議そうな顔で俺を見るリノン。俺は自分の考えを信じ、動かないと決めたのだ。

「よしっ！　行くのですよっ！」

「おっ？　どうやら作戦が決まったようじゃな？」

マリーが気合を入れてリノンを睨みつけていた。

「大事なのはタイミングです、三人が協力する必要があるけどわかっているの？」

「任せるのです。ローラと組むのは癪だけど、目的のために協力してやるのですよっ！」

「あんたたちいい加減にしないと怒るわよ。イルクーツの人たちの命は私たちの手に懸かっているんだからね」

揉める二人をセレナが上手く制御している。

「能書きは良い、弱者の言葉なんぞ子守唄にしかならぬ、先程のような頬をくすぐる程度の風はもう受けぬぞ」

「むきーーーっ！　なのです！」

「ったく、マリーは……その怒りは取っておきなさいよ……」

呆れた声を出したローラは杖を構えると魔法を唱える。

「むむっ！　いい感じに力が溢れてきたのですよっ！」

マリーの身体を白い光が包み込む。あの魔法は……。

「【ゴッドブレス】まで使えるのか？」

天才だとは思っていたが、ローラの常識外の力に驚かされる。

「いえ、完全に再現するのは不可能ですが、私の全魔力を注ぎ込めばそれなりの支援を与えることができます」

普段、魔法を扱う時に比べて余裕がない。額から汗を流しながらマリーに支援を掛けている。よほどの無茶をしているのだろう。

「なるほど、支援を受けて威力を上げた一撃が最後の手段ということか、だが見たところその程度ではまだ足りぬぞ？」

リノンは組んでいた腕を外すとマリーに注意を向けた。

「それだけではないのですっ！」

「ほぅ？」

リノンの口の端が吊り上がる。

「セレナっ！　さっき言った通りに頼むのですよっ！」

「わ、わかったけど、初めてでどうなるかわからないからねっ！」

セレナはそう言うと、マリーの背後に回り込むと背中に手を置いた。

「あれは……」

セレナの手から出た光がマリーへと流れる。それは先日、俺がマリーにしてもらったモノと似ており……。

「ぎゃああああああ、痛い痛い痛いのですぅぅぅぅーー‼」

パスを通して魔力の受け渡しをしているようで、マリーが涙を流して絶叫していた。

「なるほど、個々の力では敵わぬと判断して一人に力を集めてきたのじゃな。それにしても契約している主人を介さずにそれをやるとは、無茶苦茶をする小娘じゃ」

「ババアのほえ面を拝むためならマリーは何でもしてやるのですっ！」

先程の数倍に匹敵する力がマリーの掌に集まるのを感じる。この一撃はマリーだけではなく、セレナとローラの想いが詰まっているのだ。

「これを避けられたらどうしようもないな」

俺はわざとリノンに聞こえるように言う。

「わらわが避ける？　小僧、その冗談は笑えぬぞ？」

リノンが俺を睨みつけてきた。このくらいの挑発はしても構わないだろう。これでリノンはマリーの一撃を避けることができなくなった。

「食らうのですっ！　これぞ、風の精霊王マリーが放つ最高の一撃……」

掌に収束した風が剣の形を成し、マリーは勢いをつけると宙を蹴り、リノンへと突撃した。

「【ヴァーユブレード】なのですっ！」

――ドオオオオオオオオオオオオオオオオオンッ！！！！！――

「きゃあっ！」

「ちょっとっ！」

暴風が吹き荒れ、セレナとローラが吹き飛ぶ。

「っと、大丈夫か？」

俺は二人の後ろに回り込むと抱き止めてやる。

少し先では、いまだ風が荒れ狂い視界を塞いでいた。

「今度こそ打ち止めです。これで倒せないようなら……」

「流石にお手上げね」

息を切らしながらも真剣な表情で風の中心を睨む二人。やがて風が止むと……。

「嘘でしょ⁉」

マリーの【ヴァーユブレード】を両腕で抑え込んだリノンの姿があった。

「あれでも駄目だなんて……」

「お姉ちゃん、ごめんなさい」

絶望して崩れ落ちそうになった二人を支える。

「待て二人とも、あれを見ろ」

俺がそう言うと、二人は顔を上げた。

——ポタッポタッ——


「血がっ！　血が流れているのですよっ！」

攻撃を受けたリノンの掌から血が流れ出ていた。

「よもや防御に回ったわらわに血を流させるとは、なかなかに大した威力じゃったな」

リノンは近くに転がっている器を拾い上げると流れ出る血をそこに落とした。

「へへんっ！　ざまぁみろなのですっ！　マリーたちを侮るからなのですよっ！」

「あまり調子に乗るでないのじゃ。同じ手は二度は通用せぬ」

ムッとした表情で言い返す。どうやらリノンの方も不本意な結果に納得していないようだ。

「これで、マリーたちの勝……ち……なのです……ふにゃぁ……？」

勝利宣言をしている最中に力尽きたのか、マリーがリノンの胸へと顔を埋める。

「限界を超えたのじゃ、当然の結果じゃな」

リノンはそう言うとマリーの頭を撫でる。

「さて、お主らが欲しがった血はこの器に入っておる。もう目的は達したな？」

そう言うとリノンの手の怪我が一瞬で治った。

「あ、ありがとうございます」

ローラはリノンの血が入った器を受け取ると、壊さないように細心の注意を払って抱えこんだ。

「協力することで自分たちの限界を超えた力を捻りだす。これじゃから未熟者どもは見ていて飽きぬのじゃ」

戦闘が終わると、リノンは愉快そうに俺たちを見渡して笑うのだった。

◇

「それではお世話になりました」

イルクーツの疫病に始まり万能薬を探す旅だったが、どうにか手に入れることができた。

俺たちはリノンに別れの挨拶をすると森から立ち去ろうとしていた。

「ちと待つのじゃ、小僧」

「なんでしょうか？」

呼び止められ振り返ると、リノンが顔を近付けてくる。

「先程の戦闘じゃが、どうしてお主は参加せぬかった？　お主が参加しておれば、もっと楽に血を奪えたのではないか？」

確かにリノンの言う通りだろう。だが……。

「嫌がる相手から無理やりに血を奪う。それは正しいことなのだろうか？　そう考えると戦うべきか判断ができなくなったんです」

もし仮に俺が参戦していたとして、手持ちの力ではリノンに傷をつけることはできなかっただろう。そうすると切り札の【イビルビーム】を放つことになる。

強力な存在が消えたことで大きな影響を及ぼす件については邪神で学んでいる。リノンに殺意がなかったことにはすぐ気付いていたし、彼女たちならば命のやり取りまで行かずに血を入手すると信じていたからだ。

俺がそのことをリノンに説明すると。

「……なるほど、気に食わぬ回答じゃな」

リノンは俺を静かに睨んだ。

「まず、わらわはこの戦いを楽しんでおったから無理やりではないし、未熟ながら恐れずに向かってきたマリーについても認めておる」

復活して今は元気に浮かんでいるマリーをリノンは見る。

「その点については、リノンの考えがどうなのか判断がつかなかったもので」

俺は素直に頭を下げるのだが、

「何より気に入らぬのは、小僧。おぬしが本気を出せばわらわに勝てたと言う思い上がりよ。

多少強力な技を使えるからと言って図に乗るでないっ！」

そう言ったリノンは俺を睨み付けてきた。

「貴様に一つ助言をくれてやる」

リノンは俺の耳元に顔を寄せると、一言囁いた。

★

城の広場に大勢の人が横たえられている。ローラからあらかじめ通信魔導具を通じて連絡しており、国中の病人を集めさせていたのだ。

「それじゃあやるぞ？」

エルトが促すと、アリスは周囲を見渡した。

アリスの近くの椅子にはジャムガンやアリシアが座っており、傍にはサラが控えていた。

準備が整っているのを確認するとアリスは頷いた。

「マリー、頼む」

「任せるのです」

マリーは空高く浮かび上がると、古代竜の血が混じった万能薬を散布し、風を起こして拡散させた。

空からキラキラしたものが降ってきてジャムガンやアリシア、その他病に苦しむ人たちの口へと入っていく。

「これで、治るわよね？」

胸に手を置いて不安そうに見つめるセレナ。もしこれで駄目だったら打つ手がないからだ。

「私たちは最善を尽くしました。あとはリノン様の言葉を信じるしかありません」

ローラは誰よりも落ち着いた様子でそう答えると、真剣な目でジャムガンを見続けていた。

やがて、変化が訪れる……。

「うっ……ここ……は？」

まずジャムガンが目を覚まし、あとから次々と病人が起き上がり始めた。そして……。

「アリシア!?」

エルトの声が聞こえた。

「……エル……ト？」

頭をふらつかせ、アリシアが立とうとする。

「無理するなよ」

肩を抱きしめ心配そうにエルトはアリシアを覗き込んだ。

「私は……確か倒れて……？」

最後に記憶があるのは神殿で患者を治療していた時だ、それからどれだけの時間が経ったのか？　アリシアは思い出そうとする。

「アリシア、元気になったのです！」

「マリーちゃん？」

万能薬を撒き終えたマリーが下りてきて、アリシアに抱き着いた。

「アリシアの病はマリーが治してあげたのです」

「こーらっ！　私とエルトとローラも頑張ったんだから自分だけの手柄にしないの！」

「うぐっ、バレたのです」

セレナに叱られ、マリーは肩を縮こまらせた。

次々に患者が快復して起き上がるのを見て、ようやく安心したのか周りから笑い声が聞こえる。

「こりていないようですね。エルト様、マリーはもう一度リノン様の下へ送ると良いのではないでしょうか？」

ローラが半眼でマリーを睨みつける。

「伝説の古代竜よね？　私も見てみたかったなぁ」

アリスは人智を超える存在を見られなかったことで悔しそうにしていた。

「も、もうあんなのはこりごりなのですっ！　あのババアには二度と会いに行かないのですよっ！」

マリーの慌てた様子に周囲の笑い声は一層大きくなった。

「それにしても、今回もまたエルト君には助けられちゃったわね」

アリスはそう言うと、目を細めてエルトを見た。

「俺は今回何もしていない。万能薬の正体を看破したのはローラだし、万能薬を手に入れるために古代竜に挑んだのはローラとセレナとマリーだ」

「そんなことありません。エルト様が傍で支えてくれたから。ローラは……私は最後まで頑張ることができたのです」

そう言って顔を赤く染めるローラ。エルトを見るその視線には今までにない熱が籠っていた。

「むっ……俺が寝込んでいる間に由々しき事態になっているようだな？」

ジャムガンは眉根を寄せると考え込む。小さいころから見てきたが、ローラがこのような表情をしたことは記憶になかったからだ。

「これは、今回の報奨について色々根回しする必要がありそうだ」

ジャムガンはそう呟くと、アゴに手を当て今後について考え始めた。

「どうかしましたか、アリシアさん？」

困難を共に乗り越えたからか、皆が笑みを浮かべている。その輪をじっと見つめていたアリシアにサラが声を掛けた。

手を伸ばせば届く距離で仲良く笑い合う皆を見ている。手を伸ばしたくても身体が動かず、輪に入りたくても苦労を共有できない。

「いえ、何でもないです」

続々と病が治り、立ち上がる患者たち。皆エルトたちに感謝の言葉を告げていく。

現在、イルクーツを救った英雄の話は病から解放された民衆によって広められている。皆が英雄たちの名を叫び続ける。民衆の声が天まで届き、誰もが晴れやかな笑みを浮かべる中、アリシアは背を向けると誰にも気付かれないよう、涙を流すのだった。

四章

★

『エルト一行が無事戻ってきて、蔓延していた呪いを治療しました』

エルトたちが戻った翌日、デーモンロードは会議の場で部下から報告を受けていた。

「すると、ディープリノンの血を手に入れたと言うことか⁉」

『おそらくはそうかと……』

「古代竜と言えば、この世界に一万年前から存在する最強種。それを相手に無事に戻ってきたと言うのか?」

古代竜の強さは邪神やデーモンロードに匹敵する。

実際、本気で戦えばどちらも無事では済まなくなるとデーモンロードは確信している。

そんな存在を相手に無事に血を手に入れ帰還したことから、エルトの力が本物だとデーモンロードは認めた。

『今回の件ですが、エルトの周りには優秀な人材がいて助けていたようです』

部下はそう言うと名前を読み上げた。

『大賢者の称号を持つイルクーツ王国第二王女ローラ。風の精霊王マリー。迷いの森育ちのエルフ、セレナ。そして今回は参加しておりませんが、イルクーツ王国第一王女で剣聖のアリス。エリバンでもグロリザルでも彼女たちはエルトと共にいて、事件解決になんらかの形で関わっているようです』

正直なところ、デーモンロードはエルト以外眼中になかった。

優れた能力を持つ存在は、その他大勢がいくら集まってもどうにもできない程の力量差がある。デーモンロードは長きにわたり積み重ねてきた経験からそれを知っている。

『いかがなさいますか？』

完全に黙り込むデーモンロードに部下は疑問をぶつける。デーモンロードは右手で口元を隠し思案する。

「一斉攻撃だ」

『はい？』

「今動かせる総力を挙げてエルト一行にぶつけろ！」

デーモンロードの言葉に会議室にいた部下たちは驚き、言葉を失った。前回の十三魔将半数を動かす作戦ですら、悪魔族の歴史上でも初めてのもの。それを越えるとなれば、もはやどうなるか想像もつかない。

『それは……私にも参加しろと言うことでしょうか?』

どうにか落ち着きを取り戻した部下は、デーモンロードに確認をした。

「いや、お前には例の作戦を進めてもらいたい」

『かしこまりました』

【堕天】は頷くと通信を切った。

★

「今回、蔓延した病による影響は大きく、国内全体で二割ほど生産力が低下しています」

大臣の一人が報告をする。

「やはり厳しいか……」

ジャムガンはアゴ髭を撫でると、険しい顔をした。

現在、イルクーツ城では臨時会議が行われていた。先日まで蔓延していた病のせいで、国の内政と外交に携わる人間、農作物や工業・商業商品を扱う者などが万遍なく倒れてしまい、国力が減衰したからだ。

「陛下、ひとつよろしいでしょうか?」

全員が頭を悩ませる中、アリスがすっと手を挙げる。

「申してみよ」

「今回生産力が低下している中で、農業に関しては何とかできるかもしれません」

「ほう……？」

ジャムガンはアリスの話に耳を傾けた。

「昨年、私が滞在したグロリザルで手に入れた肥料があります。この肥料は、少量を土に混ぜるだけで、その土地の養分を復活し、これまでよりも早く植物の成長を促すことができるのです」

アリスが言っているのはエルトが実験を行っていた肥料のことだ。何度か直接目にしているし、精霊王であるマリーからも「問題なし」とお墨付きを与えられている。

これならば、多少荒れている土壌くらいなら立て直すことが可能だろう。

「それは……あてにしても大丈夫なのでしょうか？」

農業大臣が首を傾げる。長年農業に対する政策を色々してきたが、そのような肥料の存在は聞いたことがなかったからだ。

この提案をしたのがアリスでなければ、嘘だと断言していたに違いない。

「確かに疑う気持ちはわかりますが、効果の程は私の目で確認しております、何せ、農業神と呼んで差し支えないような人物が手掛けた肥料ですから」

その言葉に驚きの表情を浮かべる農業大臣だが……。

「し、しかし、何の保証もない肥料をいきなり導入となると、農場主も黙ってはおりますまい?」

国が推薦するのだから使うかもしれないが、万が一不都合が発生した場合の補償を考えると慎重にならざるを得ない。

アリスと農業大臣の視線がジャムガンへと向かう。彼は目を瞑り少し考え込むと命令を下した。

「まずはその肥料の効果が間違いないか、確かめる必要がある」

「それは、どのようにしてですか?」

エルトの持つ肥料の凄さはアリスが一番良く知っている。すぐにでも国の生産力を取り戻したいので、悠長に実験をして時間を費やしたくなかった。

「昨年、イナダの災害で畑が壊滅した農場があるだろう?」

そう言われたアリスは表情を強張らせると、頬から汗を伝わせる。その農場はある人物と深い関りがあったからだ。

「そこならば何かあった際の補填もしよう。アリスはその者を連れて農場へ向かうのだ。結果が出たら報告するように」

「かしこまりました」

その一言で、この件はアリスの手に委ねられた。

アリスは一礼すると席に着く。

「これでアリスの言う通りの結果が出れば、農産物の遅れは十分取り戻せるだろう。残るは商工業と外交だな。ローラ、何か意見はあるか？」

「はい」

アリスの正面に座っていたローラは頷くと立ち上がり、皆を見渡し話し始めた。

「まず外交についてですが、こちらはもうじき行われる建国祭で普段よりも規模を拡大し、多くの国賓を招待して国内に蔓延していた病が沈静化しているのを確認してもらえれば問題ないかと思います」

病の蔓延に関しては既に解決済みだ。後ろめたいことがないのだから自分たちの目で確認してもらい、その話を持ち帰らせればイルクーツが万全だと諸外国に伝わる。ローラはそう主張した。

「しかし、現在の状況ではあまり大規模に行うには人手が足りないのではないか？」

病から立ち直ったばかりで、生産しなければならない物が多く、作業が滞っている。とてもではないが、建国祭の準備まで手が回らない。

「そこは既にエリバンとグロリザルに協力を求めております。幸いにも両国との関係は良好で、私もいくつかパイプがあるのでそれとなく話はしましたが、概ね良い返事をいただいております。物資や人手を二国に貸してもらえれば例年より大規模な催しが可能でしょう」

上げられた問題について、ローラは既に根回しを終えており、会議に参加している者たちは感心した様子で彼女を見ていた。

「そのための予算はどうする？」

ところが、一人だけまだこの提案を疑う人物がいた。国王のジャムガンだ。

毎年行われる建国祭りに対する予算は決まっている。他国から物資や人手を借りたとしても金銭はイルクーツが出さなければならない。そのことをジャムガンが指摘すると、他の者たちはローラがどのように切り返すつもりか固唾を飲んで見守った。

「そのことについては私なりに削減できそうな部門と金額を算出してあります。こちらの資料をご覧ください」

全員に資料が配られる。そこにはどの部門の予算がいくらで、実際に使われた金額と余剰分に不足分とわかりやすく整理されていた。

「ちょ、ちょっとローラ。これいつ作ったのよ？」

数十枚に及ぶ膨大な情報に間違いは一つもなく、調べ上げて資料をまとめるのには優秀な文官でも一ヶ月はかかるだろう。

ローラは先日まで万能薬探しに奔走して城を離れていた。いつから予算を捻出する案を考えていたのか？

全員の視線がローラへと集中する。

「こちらですか？　一昨日から今朝までにかけて作りましたが……。何か間違いがありましたか？」

　大したことのないように首を傾げるローラ。

「これをたった一日半で⁉」

　二人のやり取りを聞いていた国の重鎮たちは、あっけにとられてしまった。

「グロリザルから戻られた後のローラ様は、天賦の才を発揮しておりますな」

「ローラ様がいれば、この国も安泰かと……」

　この場の数十人分の仕事を早く確実に片付けたローラに、全員が畏怖の念を抱いた。

「ふむ、確かにこれならば問題はなさそうだ。今年の建国祭は規模を拡大し、来賓を広げることとする」

　ジャムガンの声により、今後の方針が決まると会議は終了となるのだった。


　会議が終わり、皆が出ていく。

　その場にはアリスとローラ、それにジャムガンだけが残った。

「二人とも、立派だったぞ」

　身内だけになったことでジャムガンは表情を緩めると娘たちを労った。

「いえ、私など……まだまだです」

「お父様にそう言っていただけることを嬉しく思います」

アリスは悔しそうに、ローラは何でもないように答える。

「旅をすれば人は成長すると言うが、お前たちと久々に再会した時は見違えたぞ」

「またそのような……、半年ではそこまで変わりませんよ」

実際、容姿にそこまで変化があったわけではない、だが二人笑い合いながら現れたのを見た時、ジャムガンは言葉にできぬ思いを胸に抱いた。

「それにしてもローラ、あなたの提案のせいで私の提案が霞んでしまったじゃない」

「ふふふ、ごめんなさいお姉様。でも私もこの国のためにできることには何一つ手を抜きたくなかったもので」

仲睦まじく話す姉妹をジャムガンは温かい目で見る。以前に比べて雰囲気が柔らかくなったローラに、立ち居振る舞いに艶が出始めたアリス。

二人を嫁に欲しいと言う申し出は国内外から多数受けており、ジャムガンはその選定に頭を悩ませている。それというのも……。

「そうだ、私はこの後エルト君にさっきの肥料の件を話に行くつもりだけど、ローラも一緒に行く?」

そう言った時のアリスの表情は優し気で、ここにはいない誰かのことを思い浮かべていた。

「ロ、ローラは……や、やらなければならないことがありますので……」

先程の会議の時とは違い、歯切れ悪く答える。

ローラは万能薬を求める旅から戻ってきてから様子がおかしくなった。これまでと違い、エルトの名を出すと妙によそよそしい態度をとるのだ。

「そう？　なら私一人で行ってくるわね」

アリスは首を傾げると釈然としない表情を浮かべるのだが、意識を切り替えると嬉しそうな笑みを浮かべる。

ジャムガンは愛娘二人にこのような顔をさせるエルトに一国の王として――いや、一人の父親として一言言わなければ気が済まなかった。

★

「病を治してもらったのだから、お礼を言うのは当然だよね」

先日の流行り病から数日が経ち、エルトの周囲も次第に落ち着きを取り戻していた。

イルクーツに戻ってからエルトを避けてきた私だが、この機会にお礼を言い、昔のような関係に戻りたいと考え、勇気を出してエルトの屋敷へと向かっている。

「この髪型、変じゃないよね？」

道端で鏡を開き、自分の髪に触れてみる。母から「せっかくエルト君に会いに行くのだからお洒落の一つくらいしなさい」と高級ヘアサロンに連れていかれ髪を弄られてしまった。

貴族がよく利用する店らしく、髪をセットする腕前は確かで、鏡越しに見る髪型はとても素敵で見違えた。

「エルト、何て言ってくれるかな？」

これまで見せたことのない姿で彼の前に立った時、どのような感想を言ってくれるか想像すると、期待に胸が高鳴るのだった。

「凄い……エルト、こんな屋敷に住んでいるんだ？」

門から遠く離れた場所に屋敷が建っているのだが、その大きさが途轍もない。

庭師によって綺麗に整えられた庭が広がり、馬車が通れるように地面には石が敷き詰めてある。

明らかにこの国の上位貴族くらいしか住めないような豪邸を見て、アリシアは既に帰りたくなっていた。

「で、でもここで帰ったら何のためにきたのかわからないし……」

何より、時間が経てば経つほどお礼を言い辛くなる。

私は勇気を出すと、門番をしている屋敷の人に話し掛けた。

「えっ？　エルトいないんですか？」

「はい、エルト様は御出掛けになられております」

門番さんはそう答えると無言になった。

「……あの、いつ戻ってきますか？　どこに出掛けたかわかりますか？」

すぐ戻るようなら待つ覚悟だ。エルトがどこに……いや、誰と出掛けたのかが気になった。

「申し訳ありませんが、エルト様の御予定はたとえ知っていても教えることはできません」

国が雇用しているだけあって、口が堅いようだ。雇い主のプライベートは一切漏らしてくれない。

「ここは要人が住む貴族街になります、無用の方が屋敷の前におりますと、こちらとしてもそれなりの措置を取らざるを得ないのですが」

「えっ？　ここで待つこともできないんですか？」

噂には聞いていたけど完全に世界が違う。こんな時、サラさんなら身分を明かすなりできるのだろうけど、私にはそんな肩書はない。

「……出直してきます」

心が折れ、私が身体を反転させて屋敷から離れようとすると……。

「アリシアの匂いなのですっ！」

「きゃあああああああっ！」

空からマリーちゃんが降ってきて、いきなり私の背中に飛びついてきた。

「うんうん、元気になったようで安心なのです」

「ま、ままま……」

「ママ？　マリーはアリシアの母親ではないのです」

「マリーちゃん、突然降ってきて驚かさないでよっ！」

彼女は風の精霊王だけあって、行動が自由過ぎる。私は心臓が激しく脈打つと彼女に抗議をする。

「ところでどうしたのです？　マリーに用があるのですか？」

私の抗議は聞き流された。エルトに会いに来たのだが、どう答えるべきか悩んでいると……。

「それより、中に入るのです。マリーが屋敷を案内してあげるのですよ！」

「えっ！　ちょっとっ！」

マリーちゃんは私の手を引っ張ると門へと連れて行く。先程の門番さんがマリーちゃんを見て驚いているのがわかった。

「マリー様の御客様とは知らず、申し訳ありません。どうぞ御通りください」

「ええ～!?」

先程私を門前払いした門番さんは、今度はあっさりと私を中へ通すのだった。

「さあさあ、好きなだけ食べるのです」

門を抜け屋敷の中へ案内される。私が通されたのは食堂だった。

壺や絵画に絨毯と、見るからに高そうな調度品で飾られた室内には、何人もの使用人さんが壁際に控えている。

テーブルの上には様々な種類のお菓子が並べられていて、マリーちゃんは美味しそうにそれらを食べていた。

私はケーキを一つ取って紅茶と一緒に食べてみる。口の中に砂糖の甘さとバターの風味が広がる。

私自身、たまにお菓子を作ることがあるのでわかるけど、このケーキには高級な材料が使われている。どのように作っているのか食べながら真剣に考えていると……。

「アリシアがきてるんだって?」

ドアが開くとセレナが入ってきた。髪が湿っていて、その髪からは花の良い香りが漂ってくる。

「こんにちは、セレナ」

私はセレナの顔を見てほっとする。

「今まで訓練をしていたのよ。この前……悔しい思いをしたから」

髪が濡れていることを気にしているのがわかったのか、彼女はお風呂で汗を流してきたのだと説明した。

セレナが腰掛ける際、執事さんが椅子を引く。彼女は自然な動作でそれを受け入れると、執事さんに紅茶を頼んでいた。

目の前で紅茶が注がれる。手順に間違いはなく、動きが洗練されていて綺麗だ。

セレナは紅茶を一口含むと、笑顔で執事さんにお礼を言う。

執事さんもそのお礼を笑顔で受け取ると、ふたたび壁際へと下がった。

「ん、どうしたの？」

セレナが不思議そうな表情を浮かべて私を見る。

「いえ……二人とも、慣れているなと思って」

セレナもマリーちゃんもとても自然に奉仕を受けている。執事さんや使用人さんも笑顔で接しており、二人との関係が良好なのは一目見ればわかった。

「皆親切にしてくれるからね」

「食べ物を一杯用意してくれるのです！」

二人とも、ここでの生活に馴染んでいるようで安心した。

「そう言えば、エルトは出掛けたと聞いたんだけど」

私はティーカップで口元を隠しながらセレナに話を振る。彼女ならば知っているかもしれないと思ったからだ。

「ああ、エルトなら、今朝アリスが馬車で迎えにきて出掛けて行ったわよ」

さらりと告げると使用人さんが運んできた出来たてのパンケーキに蜜を垂らしてフォークで

切る。

「昨日も訪ねてきて、何か国のじゅーよーな仕事だと言っていた気がするのです」

話を聞くと、アリス様は昨晩屋敷を訪れるとエルトに仕事をお願いしたらしい。そしてその後、セレナとマリーちゃんを交えて食事をしたと。

マリーちゃんが楽しそうに語ってくれたので、私は状況を知ることができた。

私は旅の間……いえ、もっと前からアリス様がエルトのことを好きだと確信している。

本人に聞いても笑って否定するのだろうが、アリス様がエルトを見る視線は私やセレナが彼を見る時と同じ熱が籠っていることがある。

エルトは鈍いのでその辺に気付いていないのだろうが、同じ相手に恋をしているのだ。わからないわけがなかった。

「どうしたの、アリシア？」

私が考え込んでいると、セレナが声を掛けてきた。

「セレナは、アリス様がエルトのことどう思っていると思う？」

踏み込んだ質問をした私は、緊張でフォークを持つ手をぎゅっと握る。

「アリス？　うーん、多分エルトのこと好きなんだと思うわよ」

セレナはあっさり答えると、パンケーキを食べると幸せそうな顔をした。

「セレナはエルトの周りに自分以外の女性がいて気にならないの？」

アリス様は強敵だ。

誰もが羨む美貌と完璧なプロポーションを持つ。剣聖という称号と王女という肩書があり、すべての女性が求めてやまない物を全部持っている。

そんな相手が恋敵だというのに、セレナには一切の緊張も気負いも見られなかった。

「うーん、気にならないかと言われると、少し気になるけど。結局は自分とエルトの気持ちじゃない？」

セレナはパンケーキを飲み込み、紅茶で舌を洗い流すと話を続ける。

「人族のことは良くわからないけど、私はエルフの村で育ったから。その辺の価値観が違うんだと思う」

「どう違うの？」

「エルフの村はね、皆が家族なの。人族と違って結婚という決まり事もないし、子供が産まれたら皆で世話をするの。だから、エルトがそこにいて、私と一緒に時間を過ごしてくれるのならそれで満足しちゃってるのよね」

「マリーも御主人様とずっと一緒にいるのです！」

二人の答えを聞いて私はあっけにとられた。

「私には、セレナみたいな考え方をするのは無理だよ」

小さなころからずっとエルトのことが好きだったのだ。彼と恋人になり結婚して家庭を持つ。

そんな幸せな想像をどれだけしてきたことか……。

エルトが他の誰かと結ばれる、そんな想像をしただけで胸が痛くなり、私は気分が悪くなってきた。

「大丈夫、アリシア?」

「お薬飲むのです?」

だけど、こんな感情を二人に話しても理解してもらえないだろう。

「ごめん、平気。まだちょっと体調が戻ってないみたいなの。今日はこれで帰るね」

これ以上話していたら、自分の醜い心を二人にさらけ出してしまいそうで……。それで嫌われるかもしれないと考えると、私はこの場に留まりたくなかった。

席を立ち、彼女たちに背を向けてドアに向かっていると……。

「アリシアっ!?」

セレナに呼び止められ、私は無言で振り返る。

「私はアリシアのことも大好きだから。何かあったら相談してよね」

様子がおかしいのを見抜かれてしまったらしい。

「うん、ありがとう。困ったことがあったら相談するね」

私は取り繕った笑顔を向けると、そう返事をするのだった。

★

「ごめんなさいね、一緒に来てもらっちゃって」

馬車に揺られること数時間、俺とアリスは城門の外へと来ていた。

「いや、俺は構わないけど。そっちこそ大変な状況なんだろう？」

国中に広がっていた病を片付けたからと言って「はい終わり」とはいかない。

人々が病から復活したことで、停滞していた経済活動が元に戻ったため、アリスはこれまで以上に忙しそうに働いているようなのだ。

道中、疲れが溜まっていたせいもあってかアリスは俺に寄りかかって眠っていたのだが、見知った仲とは言え、横を向くと彼女の寝顔がある状況に心臓が激しく鳴り続けた。

「同行者がエルト君で良かった。お蔭で少しは休めたかな？」

代わりにこちらが疲労したのだが、それで彼女が元気な笑顔を見せてくれたのなら構わないだろう。

「それで、今日はまずここの土地を復活させれば良かったんだよな？」

アリスから事前に話は聞かされている。今回、俺が同行したのはイナダの大群に荒らされた土壌を蘇らせるため。俺が作っていた肥料を使った実験をしたいらしい。

「ええ、生産力の弱体化は深刻な問題よ。本当はエルト君に頼むべきではないのだろうけど……」

俺を利用しているような気がして気まずいのだろう。アリスは申し訳なさそうな声を出す。

「この前も言っただろ。俺だってこの国の国民だ。アリスの負担が減るのならなんだってするさ」

それに肥料の情報をアリスに話したのは俺だ。

俺が作る肥料で食糧問題が解決すれば、飢えて死ぬ人が減る。

世界から不幸な人が減ることになる。俺はそう考えていたので、この件は俺の目的とも合致していた。

「今回の件が成功したら、いよいよ逃げられなくなるのだけど、わかってるのかしら？」

アリスは俺をじっと見ると、ポツリとそう呟いた。

農場の手前にある木でできた建物に入る。

中は広く天井が高い、木でできた天井の隙間から陽の光が差しこみ室内を明るく照らしている。収穫した野菜を一時保管するための倉庫で、俺が使っていた農具が立てかけられているのを発見すると懐かしさがこみあげてくる。

そう、俺は今、自分がかつて働いていた農場へと来ていた。このような農場には来賓を迎えるための応接室など存在しない。

俺とアリスは倉庫内にある休憩場所の椅子に座ると、農場の主人を待っていた。

「おまたせした、俺がここの農場主のダンカンだ」

少しすると四十歳前後に見える農夫がやってくる。彼はダンカンさん。かつての俺の雇い主だ。

「今日はこの農場の一部を実験に使わせてもらいたくて来たわ」

アリスは彼に向かい、来訪目的を告げる。

「ああ、その話は聞いている。なんでも『撒けば土が復活して、その上農作物の成長速度も上がる』とか夢物語みたいな肥料らしいな？」

ダンカンさんの言葉に、アリスは眉根を寄せて不機嫌なオーラを漂わせる。

彼の言い方は、肥料のことをまったく信じておらず、騙されてこんな場所まできたアリスを馬鹿にしているように見えたからだ。

「あなたが信じるか信じないはこの際関係ありません、私は王国の危機に対処するためにここに来たのよ」

不敬と捉えられてもおかしくない態度をとるダンカンさんだったが、アリスはそのことを咎めるつもりはないようだ。

表情を消すと、淡々と用件を済ませようとする。

「そいつは構わねえ。だが、その前にそこのやつと話をさせてもらえるかい？」

ところが、ダンカンさんは彼女の要請を後回しにすると俺に顔を向けた。

「えっ？」

アリスが驚き声を上げる。ダンカンさんは彼女から視線を外すと俺の前まで歩いてくる。

「何か言うことはあるか、エルト？」

彼は怒りに滲ませた目を俺に向けてきた。

「このたびは御迷惑を掛けしてしまい、申し訳ありませんでした」

今回、俺はアリスに連れられてきたので、謝罪は実験が終わってからにしようと考えていたのだが、ダンカンさんは我慢ならなかったようで、すぐに俺に声を掛けてきた。

「エルトよぉ、俺が何で怒っているかわかっているのか？」

真剣な目で俺を覗き込んでくる。昔働いていた時、俺はよくこの目で見られて同じ質問をされた。

「そ、それは……俺が勝手にいなくなって……担当していた畑でイナダの大群が発生して農場を駄目にしたからです」

グロリザル王国での会議の時に、イルクーツで食糧被害が発生した原因がイナダだと告げられた際、ローラが一瞬俺を見つめてきたのを思い出す。

最近になり、彼女から「あの時は言いませんでしたが、実は被害があったのはエルト様が働いていた農場なのです」と告げられた。

俺が取った行動でダンカンさんとここで働く農場の人たちは大きな被害を被った。俺はその報いを受けなければいけないのだ。

「違うっ！」

大声と同時に頭に拳が振り下ろされる。鈍い音がして衝撃で視界が揺れた。

「ちょっとっ！　何してるのよっ！」

「いいんだ、アリス」

俺はアリスを手で制するとダンカンさんを見る。

レベルが上がり、身体が強化されているので逆に拳を痛めたようでダンカンさんは手を押さえていた。

「農場の被害なんてどうでもいいっ！　俺が怒ってるのはお前が自分の命を粗末にしようとしたからだ！」

彼は俺の胸倉を掴み引き寄せた。

「エルト、お前はどうしてあんな馬鹿なことをしたっ！」

アリシアの身代わりとして生贄になったことを言っているのだろう。

先程までと違い、俺は真っすぐに彼を見ると答えた。

「あの時、俺は誰にも必要とされる人間じゃなかったからです。アリシアが生きていれば、この先も多くの人間が救われる。どっちが生き残った方が皆喜ぶか、判断して決めました」

アリシアの身代わりになったのは間違っていない。それだけは否定させてはいけないのだ。

俺が自分の考えをダンカンさんに告げると、

「何もわかってねえじゃねえかっ！　この馬鹿野郎がっ！」

ダンカンさんは身体を震わせると、ふたたび拳を振り上げた。

「これ以上、彼に暴力を振るうのは私が許さないわよ！」

俺たちの喧嘩を見過ごせないと思ったのか、アリスが間に割り込む。

「彼は救国の……いえ、この世界を救った英雄です。彼が邪神を倒してくれたお蔭で、この先我が国は誰かが生贄になる恐怖に怯えなくて済むようになりました。もし生贄の件を責めると言うのなら、彼ではなく、邪神に対して無力だった私たち王族を責めなさい」

アリスは毅然とした態度でダンカンさんに言う。

ダンカンさんの腕の力が抜け、俺は地面に下ろされる。

彼はゆっくりと掴んでいた服から手を放すと悲しそうな表情を浮かべた。

「誰にも必要とされていないだ？　俺たちはお前を必要としていた」

「えっ？」

ダンカンさんが呟くと、俺は聞き間違いを疑った。

「お前が身代わりに生贄になったと聞いた時、ここで働く皆がどれだけ悲しんだかわかっているのか？」

彼が周囲を見るように言うと、いつの間にか一緒に働いていた人たちが俺を囲んでいた。

「そうだよ、エルトは不要な人間なんかじゃなかったさ」

「お前が生きていると知った時の皆の喜びと言ったらなかった」

何人かが目元を拭っている。本当に喜んでくれているようだ。

「エルト、生きていてくれて良かった。本当に良かったよ」

ダンカンさんは肩に手を置くと目に涙を浮かべていた。

厳しくて怒られることも多かったが、俺のことを気にかけてくれていた記憶が蘇る。

俺は皆に顔を見られないように俯くと……。

「あり……がとう……ございます」

こんな俺の生存を喜んでくれた皆に、涙を流しながらお礼を言った。


「それにしても、幼馴染みの身代わりに生贄になるとはな。お前、自分のこと全然話さないから、そんな相手がいるなんて知らなかったぞ」

「ははは、まあ……わざわざ話すようなことでもなかったので」

俺は生贄になった経緯について改めてダンカンさんに話して聞かせた。

周囲では一緒に働いてきた皆が聞き耳を立てているので、非常に気まずい。

「何を今更照れてやがるんだ、てめぇの命を捨ててまで彼女を救おうとしたんだろ？　それだけ大事ってことじゃないのかよ！」

「エルト君、そうなの？」

ダンカンさんの言葉に乗っかり、アリスがからかってきた。

「そ、そんなことより今日は実験に来たんだろ！」

二人の追及を躱すため話を逸らす。

「その件だが、本気で言っているのか？」

ダンカンさんの目の色が変わる。

「普通に考えりゃ、短時間での土壌回復と成長促進なんてありえねぇ」

同意を促そうとダンカンさんは俺を見る。だが、俺は首を縦に振ると、

「本気です」

「一体どうやって……？」

ダンカンさんは困惑した表情を浮かべると、俺に聞いてきた。

俺は彼に耳を貸すように手招きをすると秘密を打ち明ける。

「邪神を討伐したことで、俺の農業スキルがレベル10になったんです。そのお蔭で肥料を作ることができました」

「なっ⁉」

ダンカンさんは驚くと、俺の顔をまじまじと見つめた。

「どうやら、嘘は言ってないようだな」

しばらく俺を観察していたダンカンさんだったが、一切目を逸らさないでいると頷いてみせる。そして、アリスの方を向くと、

「こいつがそう言うなら信じる。俺の農場全部使っていいから実験とやらを行ってくれ」

農場の使用許可を出してくれた。

「いいの？」

先程までとの態度の違いに、アリスは驚く。

「ただし条件が一つある」

「条件って？」

アリスは聞き返した。

「ずっと蔓延していた病のせいで種撒きが遅れている。エルト、お前も手を貸せ」

「もちろんですっ！」

ダンカンさんがそう言うと、俺ははっきりと返事をして笑って見せるのだった。

「良かったわね、エルト君」

農場から戻る馬車の中でアリスが俺に話し掛けてきた。

土壌を回復させ、成長を促進させる実験は成功し、各農場にはダンカンさんの指導の下、俺が作った肥料が配られることになった。

最初こそ険悪だった俺と彼の間も、帰るころには修復していて笑顔で別れることができた。

「アリス、ありがとうな」

すべてはアリスのお蔭だ。

「な、何よ、突然?」

アリスの仕事はここでの実験だ。ダンカンさんが納得していなくても強制的に命令することも可能だったはず。

だが、アリスは俺とダンカンさんの仲を修復させるため、口を挟まずに見守ってくれていた。

「俺は知らない間に色んな人たちから気にかけてもらっていたんだな」

ダンカンさんや一緒に働いていた農場の皆。俺が生贄になった後のフォローをしてくれていたアリスにローラ。

命がけで俺を探しに来てくれたアリシア。他にはいつも一緒にいてくれるセレナやマリーにも……。

「みんなエルト君のことが好きだからよ、それを知らなかったのはエルト君だけなんだから」

アリスはそう言って窓の外を見る。その横顔は夕日に染まって赤くなっており、表情を読み取ることができない。

「だ、だからね。エルト君はもっと皆のことを頼ればいいのよ。アリシアもローラもセレナもマリーも、きっとあなたの力になってくれるから」

しばらくの間、沈黙が続く。アリスは何かを決意したかのように俺に振り向くと、

「も、もちろん私だって力になるわ。だって……私はエルト君が……」

アリスの顔が近付いてくる。彼女が何か重要なことを言おうと口を開いた瞬間——

「御主人様。迎えに来たのですよっ！　今夜は御馳走なので早く帰るのです」

——マリーが現れるのだった。

★

——パパパンッ！　パパパンッ！——

発砲音が鳴り響き、音楽が流れる。

城下街の大通りでは様々な屋台が路上に並んでいるのが見え、多くの人で溢れかえっていた。

『ここに建国祭の開催を宣言する』

城のバルコニーでは病より復活したジャムガン王が開催の宣言をしており、その下の貴賓席には御祝いに駆け付けた各国の代表者が座っている。

その中に俺は見知った顔を何人か発見した。

エリバン王国の大臣さんや、グロリザル王国のレオン王子とシャーリーさんなど。

最後に顔を見てから数ヶ月しか経っていないのだが、俺に向かって親し気に笑いかける姿に懐かしさを覚え、自然とこちらの頬も緩む。

開催の宣言の後は中庭へと移動する。招待客への立食パーティーがあり、俺はそちらへと顔を出すようにアリスに言われていた。

王国に用意してもらったタキシード姿で会場へと赴く。最初は慣れなかった衣装や、そこに参加する各国の重鎮からの視線も、わずかな期間で気にならなくなっていた。

会場を歩いていると、以前、他のパーティーで会った人たちが声を掛けてきて会話をする。

最近の各国の情勢であったり、俺が悪魔族と対峙した話を聞きたがったり。

気が付けば俺自身パーティーを楽しんでいた。

「ようエルト、久しぶり。相変わらず目立っているようだな」

杯を片手にレオンが近付いてくる。

「エルト様、最近は益々御活躍なされていらっしゃるようで、噂はグロリザルまで届いております」

シャーリーさんがドレス姿で頭を下げる。例の首飾りを掛けていないのを確認すると、俺はすぐに視線を戻した。

「邪神に悪魔族ときて次は古代竜とはな、この一年でこの世界の伝説にどれだけ接触しているんだか……。俺の国での活躍も物語にして詩人に歌わせているけど評判良いぞ」

「本人の前でそれを言うのは止めてくれ」

特に古代竜の件はここだけの秘密になっている。話をして良からぬ輩がフィナス大森林に殺到すればリノンのことだ、危害を加えようとする者に容赦なく力を振るうだろう。

自分の取った行動を歌にされ、多くの人に知られていると言う話を聞かされ、俺が恥ずかしさから顔を赤くしていると、

「あっ、エルト君。こんなところにいたのね」

「エ、エルト様。お、お久ぶりです」

アリスとローラの登場に、会場中の人々の視線が集中する。

二人は揃って赤いドレスを身に着けていて、デザインも似せていた。

俺はアリスより一歩引いて立つローラに近付くと、彼女に声を掛けた。

「久しぶりだな、ローラ」

「ええ、ご、御機嫌麗しゅう存じ上げますわ」

視線が泳ぎ、おかしな挨拶をしてくる。

「そうだ、ローラにお礼を言いたいと思ってたんだ」

「お礼……ですか？」

見上げて俺を見ると、目を何度も瞬かせている。

「ああ、俺が働いていた農場に補填金を支払うように取り計らってくれたんだろ?」

ダンカンさんと話した時に農場の被害状況について聞いたところ、国から補填金をもらったので問題はないと答えが返ってきた。その場でアリスに確認すると「多分、ローラだわ」と答えたのだ。

「そのことですか、エルト様が生贄になったからこそ邪神を討伐できたのです。であれば、その影響を受けた部分を私がフォローするのは当然です」

いつもの様子に戻ったローラはそう言うと胸を張る。数ヶ月見ない間に少し大人びた表情を浮かべるようになったと感じる。

「せっかく、来賓を呼んでのパーティーなんだから、あまり身内同士で話をしないでくれよな」

ローラと話していると、レオンが冗談交じりに言う。

「確かにそうだな。あれからグロリザルに変わりはないか?」

「ああ、予想していた悪魔族の襲撃もなくて平和なものさ。これも例の首飾りをお前が引き受けてくれたお蔭かな?」

カストルの塔で入手した【天帝の首飾り】の話が出た。

これがあったせいでグロリザルは悪魔族の侵攻を受けたのだ。すべてが片付いた時、この首飾りをどうするかで話し合いがもたれたのだが、

「エルト様ならば悪魔族が襲ってきても奪われることはありませんから、安心ですね」

いざと言う時に守り切れるのは俺だけとなったので、現在は【ストック】に保管してあった。

「あまりプレッシャーを掛けないでくださいよ、シャーリーさん」

そうやすやすと奪わせるつもりはないが、悪魔族が何を仕掛けてくるかわからない。デーモンロードがこれを欲していると言うのなら、絶対に渡すわけにはいかないだろう。

それからしばらくの間、レオンやシャーリーさんと最近グロリザルで起きたできごとについて話をはずませた。

結構な時間が経ち、パーティー会場に緩やかな音楽が流れだすと、

「エルト君、ちょっといいかしら?」

「いいけど、どうかしたのか?」

アリスが戻ってきて俺に声を掛けた。俺はレオンとシャーリーさんに断りを入れると彼女に近付いた。

「父からあなたに話があるそうなの」

誰にも聞こえないようにアリスが耳元で囁いた。

「……わかった」

思い当たる節がないわけでもない。俺は頷くとアリスに連れられてジャムガン様の下へと向かうのだった。

★

「一曲踊っていただけませんか？」

「い、いえ……少し疲れてしまったので」

先程から何度目かのダンスの誘いを断ると、私は溜息を吐き、パーティー会場を歩き回ります。

エルト様から自信を持つように言われてから私も随分と変わったつもりでしたが、こうした華やかな場所にはいまだ慣れることができません。

殿方の欲望が混じった視線も、貴婦人から値踏みされる視線も。王家に連なる者としてはこのくらいで怯んでいてはいけないのですが……。

事実、お姉様は毎回このような視線を浴び、多くの方から声を掛けられていますが適切に対応しています。

「こんなことなら、エルト様の傍にいればよかったです……」

途中、グロリザルのレオン王子と話が弾んでいたので離れましたが、そのまま会話に加わっていればと後悔しています。

「もっとも、それができないから逃げてしまったのですが……」

最近、私の身体はおかしいのです。ふとした拍子にエルト様のことを考えてしまって、気が付けば時間が経っていたり、彼とフィナス大森林に入った時の記憶を思い出しては呼吸が乱れ顔が熱くなったり。

さっきだって、エルト様が話し掛けてくださったと言うのに、ろくに返事もできませんでした。

このところ、お父様が重用している方々がとある噂を流していることを知っています。お姉様はこういった情報収集をなさらないので知らないかと思いますが……。

その噂を思い出した瞬間、身体が熱くなりました。もし、噂が事実だとして彼が返事をした時どうすれば良いのか……。

そんなことを考えていると、

「あっ、ローラ発見なのです」

最近、よく耳にする声で呼ばれました。

「……何だ、マリーですか」

「むっ。『何だ』とは何なのですかっ！」

彼女は普段着ている道化服ではなく、黄色のドレスに身を包んでいました。トレードマークのうさ耳がなかったので一瞬誰だかわからなかったです。

「ローラ、久しぶりね。元気していたかしら？」

「セレナ、万能薬の際はありがとうございました。最近政務が忙しくてなかなか時間が取れなかったので」

　マリーのお目付け役としてセレナが付き添っているようです。私は両手でスカートをつまむと頭を下げ彼女に挨拶をしました。

「今日のローラも素敵ね。そのドレス、よく似合っているわよ」

　お姉様と似せたデザインのドレスを褒められた私は嬉しくなりました。

「ありがとうございます。セレナこそ、とても綺麗です」

　セレナも淡い緑のドレスがとても良く似合っています。

　私たちが話をしていると周囲からの視線が数倍に膨れ上がりました。

　無理もありません。セレナは見ての通り幻想的な美しさを誇るエルフですし、マリーだって口を開かなければとても可愛らしい……。

　うっかりマリーを褒めてしまいそうになったところで私は思考を止めました。

「それより、どうしたのです？　つまらなそうな顔をして。パーティーは楽しむ場所なのですよ？」

　私の顔を覗き込むと、マリーが不思議そうに聞いてきました。

「このパーティーは我が国の主催ですから。ホスト側には色々とあるのですよ」

　うかない顔をしていた理由についてマリーに答えます。

エルト様の件については言わない方が良いでしょう。マリーに話しても仕方ないですし、何より誰かに相談できる内容でもありません。

「人族というのは本当に面倒なのです。もっと自由に生きた方が楽しいのですよ」

「私は王族です！　そんな勝手な生き方できるわけないでしょう！」

思わず声を荒らげてしまいました。フィナス大森林から戻ってからと言うもの、彼女はちょくちょく城を訪れては私にちょっかいをかけてくるのです。

こちらが仕事中だと言うのに勝手にお茶を飲んだり、城下街で見た楽しかったことを話し始めたり。

奔放に振る舞っているくせに周りから愛されている。私とは対照的な存在。そんなマリーが私は羨ましかった。私は溜息を吐くとマリーを見る。

彼女は今しがた私が怒鳴ったことなど気にもしていないようで、笑顔を向けてきます。

「できるかできないかじゃないのです。ローラはどうしたいのです?」

その質問がきっかけで、私の頭の中に自分がしたいと思っていることが次々と浮かびがった。

「……したい」

「えっ？　何と言ったのですか?」

「……城下街を、見てみたいです。祭りの賑わいに参加して屋台も巡ってみたいです」

今までずっと本心をぶつけてきた相手だからこそ素直に言葉が出ました。だけど、希望は言葉にしてお終いです。私はこのパーティーを円滑に回す義務があるのですから。

「ならばマリーがローラと遊んであげるのですっ！」

「ちょっと、何を勝手なことを？」

「こんなところ抜け出して、マリーと街に繰り出すのですよっ！」

強い力で腕を掴まれると身体が浮き上がる。マリーは風の精霊王なので、この程度は大したことないとばかりにやってのけるのです。

「セ、セレナ！　何とかしてくださいっ！」

私は保護者であるセレナに救いを求めるのですが……。

「うーん、確かにローラは少し気分転換した方がいいわね。マリーちゃん行ってらっしゃい」

「ちょっ！」

「任せるのですっ！　ローラはマリーが元気にして見せるのですっ！」

「ちょっと！　せめて着替えっ！　着替えさせてよおおおおっ！」

王家の立場や権威など関係ないとばかりに、マリーは私を抱きかかえると夜空へと浮かんで行きました。

★

「パーティーを楽しんでいる最中にすまなかったな」

「いえ、大丈夫です」

ジャムガン様から声を掛けられた俺は、顔を上げると問題ないことを態度で示した。

ここはジャムガン様の私室らしく、意外と狭い室内に使い込まれた家具などが置かれている。

現在、俺はアリスに案内されてジャムガン様と二人きりで向き合って座っていた。

「ここには俺と君だけだ、もっと気楽にしてくれ」

「……できるだけ、頑張ります」

俺が生まれた時から、この国を統治していた人物だ。そのようなことを言われても、すぐに態度を改められるわけもない。

「非公式の場だ。今後、慣れておくためにエルト君と呼んでも構わないかな?」

「ええ、勿論です」

アリスだってそう呼んでいるので特に抵抗はない。だが、今後とはどう言うことなのだろうか?

俺が首を傾げている間に、ジャムガン様はワインを杯に注ぎその内の片方を俺に渡してきた。

「さて、何に乾杯するべきか? エルト君、何かあるかね?」

ジャムガン様が聞いてきた。俺は少し考えてみると……。

「それじゃあ……皆の笑顔に……で、どうでしょうか?」

「皆の笑顔……まあ、それも良いかもしれないな」

ジャムガン様は怪訝な顔をしながらも応じてくれた。

乾杯を終えてお互いに杯を口に運ぶ。ジャムガン様が愛用しているだけあって、良いワインだ。

「ところで、屋敷の方はどうだ？　良かったら、もっと大きな屋敷を用意するが？」

俺がワインを味わっていると、ジャムガン様が話を振ってきた。

「いえ、今の屋敷がとても気に入っておりますので大丈夫です」

「そ、そうか……」

今でさえ屋敷を活用しきれていないのに、さらに大きな屋敷となるとなおさら持て余してしまうだろう。

ジャムガン様は険しい表情を浮かべて考え事をすると、

「では、領地はどうだ？　今なら凶悪なモンスターが住み着いている土地が余っているのだが」

「モンスターが住み着いていたら人が住めないんじゃ……？」

「そうか、良いアイデアだと思ったのだが……」

まさかモンスターを領民にでもしろと言うのだろうか？

ジャムガン様は真剣な顔をしているので冗談なのか判断がつかなかった。

「……そう言えば、エルト君は聖杯も作れるんだったな？」

話題が急激に飛ぶ、先程からどうもジャムガン様の様子がおかしい。

「ええ、作れますね」

そう答えながら、俺はテーブルの上にあった杯を手に取ると目の前で実際に作り始める。

光の微精霊が好む魔力を高めると一気に杯に送り込む。この時の好みの魔力を生み出す制御が難しいのだが、最近は慣れてきたので効率よく進めることができる。

数分も経過すると、目の前の杯は金色に輝いていた。

「これが聖杯です」

テーブルに置き、ジャムガン様に渡す。

「なんとも貴重な物をこうもあっさりと」

毎日魔力の訓練で作っているので慣れたものだ、短時間でやると通常の倍魔力を消耗して疲れるが、そのお蔭で光の微精霊を物に定着させるのは随分と上達した。

「そちらは御納めください」

「い、いいのかねっ⁉」

聖杯を持ち上げて丁重に扱っているジャムガン様にそう告げる。

元々ジャムガン様が保有している杯なのだから当然だ。

「悪魔族は聖属性の場所が苦手ですから。やつらに狙われるかもしれませんので、持っていた方が良いかと思います」

「そこまで俺の身を案じてくれているのか」

何やら感激している様子だが、そこまで深い考えがあったわけではないので恐縮してしまう。

「しかし、こう次から次へと手柄を立てられると本当に困ったぞ」

喜んでいたのも束の間、ジャムガン様はアゴ髭を触るとそう言った。

「屋敷もいらなければ領地も欲しがらず、かといって爵位も求めていない」

「ええ、今の俺には必要ありません」

ジャムガン様の言葉にはっきりと答えた。

「しかし、以前にも言ったが、国としては手柄を立てた者には報奨を与える義務がある。そうでなければ誰も国のために尽くそうとは考えないだろう？」

ところが、ジャムガン様は引き下がってはくれなかった。

「おっしゃることは理解できます。確かに報奨は必要でしょうね」

先程から何度も質問をしたのは俺に与える報奨で悩んでいたからのようだ。そんな姿を見ているだけに、これ以上断るのが申し訳なくなった。

お互いにワインを飲み、切り出すタイミングを見計らう空気が流れた。

「ときにエルト君はセレナかマリー、どちらかと恋仲なのかね？」

「ぶっ！」

ジャムガン様が唐突に切り出してきた。

「い、いきなり何を言うんですかっ！」

胸元に挿していたチーフで口元を拭う。

「何も妙なことは聞いていないだろう？　エルフの子も精霊の子もずっと君と一緒にいるのだから。そう言う間柄だと考えるのが自然だ」

ジャムガン様の問いに俺は真面目に答えることにした。

「あの二人のことは好きです。だけど彼女たちは俺にとって大切な、家族と言っても良い存在なんです」

迷いの森で出会い、半年ずっと一緒にいて数ヶ国をともに旅してきた。今では傍にいるのが当たり前のように感じていて、彼女たちがいない生活は想像もできない。

「なるほど、家族か。そう言われるとわからなくもない」

ジャムガン様がワインをあおると杯の中が空っぽになっていた。俺はテーブルにあるワイン樽を掴むとジャムガン様の杯に注いだ。

「自慢になってしまうが、アリスとローラは強く美しく育った」

「ええ、そうですね」

俺はジャムガン様の言葉に頷く。あの二人が魅力的な女性だというのは俺も良く知っていたからだ。

「そう言えば、あの二人の仲を修復してくれたのもエルト君だったな。礼を言うのが遅れてすまない」

そう言ってジャムガン様は国王としてではなく、一人の父親として俺に頭を下げた。

「あの二人が仲直りできたのは、お互いを大切に思っていたからです。俺はきっかけにしか過ぎませんよ」

間を持たせるためにワインを飲むのだが、ちょうど空になってしまったのでワインを注ごうとすると、

「どれ、俺が注ごう」

「ありがとうございます」

ジャムガン様は嬉しそうな顔をしながら、俺が持つ杯にワインを注いでくれた。

「こうして二人で話しながら酒を酌み交わすのも悪くない。俺は本当は息子も欲しかったんだよ」

どうやら先程の笑みは俺を息子に見立ててのことらしい。

ジャムガン様はワインに口を付けるわけでもなく、杯を回して遊んでいると、

「邪神討伐に始まり、姉妹仲の修復、悪魔族の謀略の阻止、万能薬の発見、肥料による農業改革、聖杯の献上」

ジャムガン様は、俺のこれまでの功績を言葉にする。

「一つだけでも、途轍もない偉業がこんなにたくさんだ」

俺はその言葉を肯定も否定もしない。どれも俺一人の力で成し遂げたわけではないからだ。

「知っているか、エルト君。国内では君に対する期待が高まっていることを」

「ええ、噂には聞いています」

アルフレッドや使用人、他にも街に出ればその噂は確認できた。

イルクーツ出身の少年が邪神討伐に乗り出し、見事成し遂げ帰還。悪魔族の謀略と疫病を解決し、現在は王女様と恋仲になっている。

「いつの時代も民衆は英雄を求めるもんだ」

ジャムガン様の言葉に俺は頷く。

「手柄を立て、綺麗なお姫様と結婚するというのは王道物語だ。俺も若いころは時間があればそういう物語を読んだものだ」

「ええ、俺も読んでいましたよ」

しばらくの間沈黙が続くと、ジャムガン様はいよいよ核心を口にした。

「エルト君。アリスかローラ、もしくは両方を娶るつもりはないか？」

その提案に驚いた俺は杯を傾けるとワインを零してしまう。

「えっと……かなり酔っていらっしゃいますね……」

二人きりの、こんな席でなければ流すことはできない発言だ。俺はそろそろ切り上げ時だと考える。

「確かに酔ってはいる。だが、俺が本気かどうかわかるだろ?」

ジャムガン様は俺を解放してくれるつもりはなく、さらに切り込んできた。

「理由を聞かせてもらっていいですか?」

俺は彼の真意を知るために質問をする。

イルクーツが俺を取り込みたいと言う事情は理解できる。だけど、その場合はアリスかローラのどちらかを嫁がせれば済む話だ。まして二人とも娶ると言う選択肢まである意味がわからない。

「そんなのは決まっている。娘の幸せを願わない父親はいないからだ」

「もう少しわかりやすくお願いします」

返ってきた答えが答えになっていないので聞き直した。

「アリスもローラもエルト君に惚れていると言っている」

『ギリッ』と歯を噛みしめる音がする。

ジャムガン様の口から出た言葉に、俺は驚くと何も言えなくなった。

「既に俺の臣下たちとの話は付いている。エルト君が二人とも娶ってくれると言うのなら、国王の座は弟の息子に継がせる。将来、アリスかローラの子が生まれたら王家に嫁がせてくれれば問題はない」

ジャムガン様が語ることで、これまで噂でしかなかった話が現実味を帯び始める。

「それに、セレナやマリーとも別れる必要はない。もし、エルト君が希望するなら後宮だって用意する。気に入った女を囲い込むのも自由にすればいい」

俺が黙り込んでいる間にもジャムガン様は次々と条件を積み上げていく。仮にも一国の王がここまで譲歩するというのはあり得ない。それだけこの話に真剣で、それだけ娘のことを大切に考えているのだろう。

条件はすべて話したとばかりにジャムガン様は俺を見る。その瞳はどこかアリスとローラに似ている。今の口ぶりからして周囲を説き伏せるのに苦労したことが理解できた。

俺は彼の真剣な思いを受け止め、目を閉じ、自分の中で答えを探す。

ジャムガン様は俺が考えている間、急かすことなく、一人ワインを飲んでいた。

やがて、俺は目を開けると自身が出した答えをジャムガン様へ伝える。

「せっかくの申し出ですが、お受けすることはできません」

「……理由を教えてくれるか？」

俺は頷くと彼の目を見る。

「俺にはやらなければならないことがあります」

「俺の娘を不幸にしてまでしなければならないこと？　それはなんだ？」

ジャムガン様は俺を睨み付けてきた。

俺は自分のやらなければならないことについて説明をする。

邪神を討伐したことで、世界中に影響が出ていることを俺は知ってしまった。

最初はそのことに対して悩んだのだが、最近になって色んな人が俺のことを気にかけてくれていたことに気付いたのだ。

確かに俺が邪神を討伐したことで不幸になった人々は存在する。だが、逆に俺の力で救うことができる人々も存在するのだ。

俺が望むのは、自分が不幸にした人々以上に幸せな人々を増やす。そのために、今は自分だけが幸せになるという選択肢を選ぶわけにはいかないのだ。

ジャムガン様は俺の考えを黙って聞いてくれた。最初は険しかった顔も、最後には落ち着いており、俺がすべてを語り終えると……。

「なるほど、国や宗教でもなくすべての人々を救うため、か」

両手を組み、俺を見る。

「だが、それはこれまで誰も成し遂げたことがない理想だ。すべての人間がエルト君を受け入れるわけじゃない、中には巨大な力を持つ君に怯えたり、敵意を向ける者もいるだろう」

俺はその言葉に頷く。

「それでも、俺はそれを成し遂げるために行動したいんです」

それこそが俺が出した答えであり、不幸にしてしまった人々に対する償いになる。

「エルト君のやりたいことはわかった」

ジャムガン様が口を開く。

「じゃあ……」

「だが、一つだけどうしても納得できないことがある」

どうやら完全に俺の答えを受け入れたわけではなかった。俺はジャムガン様の言葉の続きを待った。

「確かに君の理想は素晴らしい。流石は聖人の称号を授かるだけはある、君がその理念に従って行動すれば多くの人々を救うことができるだろう」

ジャムガン様は俺の行動の正しさを認めてくれた。

「だからと言って、君と君の周りの人間を犠牲にしても良いということにはならない」

「えっ?」

「君は先程言ったな『自分だけが幸せになる選択肢は選べない』と」

「ええ、確かに言いましたけど……」

「君は世界を救うという言い訳に、自分と自分の周囲を不幸にしてもいいと本気で思っているのか?」

その言葉は、深く俺の胸に突き刺さった。

「自分と周囲すら幸せにできない人間が世界中の人々を幸せにできるわけがない」

「じゃあ、俺はどうすれば良いのですか？」

イルクーツに戻ってからずっと考えていた。だが、その答えが間違っていると言うのなら俺はどうすれば良いのか？

「その時は周りを頼りなさい、エルト君の理想はこの世界に生きるすべての人々の理想でもある。ならば一人で成し遂げようとせず、身近な人間を頼ることもまた選択肢の一つだ」

ジャムガン様の言葉に俺は光明を見た。

「ありがとうございます」

俺が礼を言うと、

「なに、若者を導くのは大人の役目だからな」

俺は今更ながら、この人が俺の生まれ故郷をずっと統治していたことを思い出す。

この国は飢餓や貧困が少なく、笑顔で生活している人々が多い。

一人の人間として俺はこの人を尊敬し、頼りたいと思った。

「すみません、せっかくの申し出を断ってしまって」

俺は改めてアリスとローラとの婚姻を断ったことを謝罪するのだが……。

「ん、何構わないさ」

ジャムガン様はあっさりと謝罪を受け入れてくれた。それどころか機嫌がよさそうで笑顔を俺に向けている。

俺はその態度が気になり首を傾げて見せると、彼は悪戯な笑みを浮かべた。

「エルト君がうちの娘と結婚することを『幸せ』と思っていると確認ができたからな」

「なっ！」

最後に一本取られると、俺は口を開けたまま言葉を失うのだった。

★

アリシアはパーティー会場を抜け出すとエルトを探していた。

それと言うのも、最近エルトの婚約話が具体的になって出回っており、真実を確認したかったからだ。

歩き回る間も様々な貴族がアリシアに声を掛けてくる。話題性ではアリスやローラに後れをとるが彼女も美しい少女なのだ。

アリシアは誘いを断るのに苦労しつつ、徐々に人が少ない場所へと向かった。

会場の賑わいが嘘のように静かになり、そこらの柱の陰では愛を囁く人たちがお互いに身を寄せ合っている。

アリシアは気まずい思いをしながらそこを抜けなければと思い、歩いていると……。

「嘘……でしょう？」

エルトが誰かと抱き合っているのを発見した。

膝が震えだし目に涙が浮かぶ。不意打ちによるショックで何も考えられないでいると、エルトとその女性の顔が近付いていく。

「い、嫌……」

エルトが他の女性と口付けした瞬間を見てしまったアリシアは、踵を返すと走り、そのまま会場から出ていく。

「はぁはぁはぁはぁ……」

息が切れるまで走り、壁に手をつく。アリシアは両手で口元を覆うと嗚咽を上げた。

「エルト、一体どうして?」

先程の光景が頭で再生される。エルトが自分以外の女性とあのような場所で愛を確かめ合っていた。

胸が張り裂けそうになり、絶望がアリシアに襲い掛かった。

「こんな気持ちいらないっ!」

エルトのことを愛しているから苦しむ。

「こんな記憶いらないっ!」

エルトと過ごした記憶があるから諦めることができない。

「もう苦しみたくない!　だから……忘れさせてよっ!」

アリシアの絶望が天に届くと……。

「ならば、その願い叶えてやろう」

どこからともなく声が聞こえ、アリシアは意識を失うのだった。

★

「うっぷっ。流石に飲み過ぎた……」

あれから、ジャムガンが酔い潰れたためようやく解放されたエルトは、自身も酔いが回っており、フラフラと通路を歩いていた。

吐き気を覚えるほどではないが、足元がおぼつかない。ちょうど良い酔い加減で眠気も感じているので、このまま部屋に戻って寝てしまおうと自分があてがわれた部屋を目指していたエルトだが……。

「エルトさんじゃないですか、大丈夫ですか？」

ドレスで着飾ったサラが声を掛けた。

「ん、誰だ？　アリシア？」

酔っているせいで視界がぼやけているエルトは相手を認識するため顔を近付ける。

「肩を貸しますから、どこか休めるところまで……きゃっ！」

手を回したサラだったが、エルトから力が抜けたので正面から支えることになった。

「え、エルト様。流石にこの状況はまずいと思うのですけど……」

サラは頬を赤らめるとエルトに注意する。

傍から見たら抱き合っているようにしか見えず、顔が近いので動揺したからだ。

サラはしばらく反応を待つが、エルトは意識が混濁しているらしくまともな反応が期待できない。

「もう、仕方ないですね」

彼女はそのまま両手をエルトの後頭部に回し顔を近付けると、

「んっ……」

エルトの唇を自身のそれで塞いだ。

背後で誰かが走り去っていく音がする。

十分な時間が過ぎ、サラは唇を離すと、

「お酒臭いです」

右手の指で自分の唇をなぞる。

「こんなところ、誰かに見られたら誤解されてしまうかもしれませんね」

彼女はそう言うと蠱惑的な笑みを浮かべるのだった。

★

『モンスターが攻めてきたぞーーー！』

そんな叫び声で俺は目を覚ました。起き上がろうとすると鈍痛がする。どうやら昨晩はジャムガン様に付き合って酒を呑みすぎたらしい。

「……ここはどこだ？」

周りを見渡していると来賓用の客間のようだ。タキシードやタイが折り畳まれており、俺はソファーへと横たわっている。自分で脱いだ記憶がないので、誰かがやってくれたのだろう。

そんなことを考えている間にも廊下が騒がしくなってくる。

俺は急ぎ着替えを済ませると部屋を出た。

「おいっ！　どうしたんだ？」

慌てて駆けて行こうとする兵士を捕まえて問いただす。

「そ、それが……。どこからともなくモンスターが現れて暴れています！」

「なんだって⁉」

俺が驚いていると見知った顔が走ってきた。

「良かったわ、エルト君。こっちにきてちょうだい」

アリスを走って追い駆ける、一刻を争う事態なので余計な質問はしない。

しばらく走ると俺たちは部屋へと飛び込んだ。


会議室には大勢の人が集まっている。

「現在、城下街に千匹近いモンスターが出現し、暴れています」

「原因は？　どうして察知できなかったの？」

アリスは兵士を問い詰めた。

「それが……。モンスターが発生する前後に街中を霧が覆い隠したらしく、晴れると同時にモンスターの姿が確認されたようです」

「おそらく……作為的なものね」

アリスの考えに同感だ。これほどの数のモンスターが自然に発生するなんて考えられない。

こうしている間にも次々と目撃情報が上がり、城下街の地図に書き込みが加えられる。

青い石が置かれているのは警備兵が配置されている場所らしいのだが、モンスターを示す赤い石の数が多すぎる。

「今のところ、大きな被害が出ている報告はありません。引き続き市民の避難を優先するように」

祭りと言うこともあってか、街には警備兵が詰めていたので早期に避難できたらしい。アリスは騎士たちに警備が手薄な場所を見つけるなり誰か向かうように指示を出し続けた。

「ところで、ローラの姿が見当たらないのだけど？」

「そう言えばマリーもだ」

こんな時に見当たらない二人に俺たちは嫌な予感がしていると、ちょうどマリーから通信が入った。

『御主人様、無事なのですか？』

「俺は城にいる。そっちこそ、今どこにいるんだ？」

わざわざ通信してきたからには何かあったに違いない。

『マリーは今、ローラと城下街に出ているのです』

「一体どうして⁉」

『ローラが塞ぎこんでいたからマリーが誘って一緒に遊んでやったのですよ』

「二人とも無事なんだろうな？」

『問題ないのです、ただ急にモンスターが現れたので片っ端から倒しているのです。御主人様にも手伝って欲しいと伝えるようにローラに言われたのです』

「わかった、俺も街に行くから無茶はするな！　あと、一人で戦わずにローラと協力しろ」

俺が通信を切ると、アリスが様子を窺っていた。

「なんだって？」

「マリーからの連絡だ、ローラと城下街の見学をしていたらしい」

「あの娘は……まったく。ある意味良かったとも言えるわね」

呆れた様子で顔に手を当てる。アリスの言う通り不幸中の幸いと言うやつだ。あの二人がいち早くモンスターを倒してくれているのなら被害は最小限に抑えられる。

「とにかく俺は街にいるモンスターを倒しに出てくる」

こうしている間にも俺の生まれ故郷でモンスターが暴れまわっている。そう考えると、いてもたってもいられなくなった。

「お願い、エルト君。私は来賓の安全を確保しなければいけないから城から離れられないの」

申し訳なさそうな表情を浮かべるアリス。本来なら自分が飛び出してモンスターを倒し、市民の被害を抑えたいのだろうがここを離れては指揮をとる人間がいなくなってしまう。

「安心しろ、兵士の皆も頑張ってくれている。すぐにでも問題を解決して祭りを再開させようじゃないか」

「もう、こんな時に楽観的なんだから……でもありがとう」

わざとおどけたのがわかったのか、アリスは微笑んだ。

「さあみんな！　英雄エルトが出撃するわよ！　城下街はこれで大丈夫！　あなたたちはモンスターを一匹たりとも城の中に入れないようにして！」

アリスの言葉に奮い立つと、部屋中から兵士たちの気迫のこもった声が鳴り響いた。

「【ウインドスラッシャー】！　さあ、マリーの邪魔をするモンスターは吹き飛ぶとよいのです」

マリーが風の魔法を操り、市民に襲い掛かろうとしているモンスターをずたずたに切り裂いた。

★

背後ではローラが水の魔法を使ってモンスターを殲滅している。

平時には恋人たちが逢瀬を重ねる公園なのだが、その綺麗な風景は見る影もなく、二人の周りにはモンスターの屍が散らばっていた。

「【ウォーターカッター】」

「ここでなら思う存分魔法が使えるのです、ローラもたまにはまともな提案をするのですよ」

「あなたは注意力が足りませんからね。街中で魔法を使えば国民に被害を出してしまいます。ここなら多少ミスをしても私がフォローできると思ったのですよ」

「何をっ！　普段助けているのはマリーなのです！」

「その都合の良い思い込みは止めなさい！　あなたがイルクーツに滞在している間に起こしたトラブルをどれだけ私が処理していると思っているのです！」

言い争いをしながらも魔法は途切れず、二人に襲い掛かろうとしていたモンスターたちは尻込みを始めた。

「なるほど、この強さと容赦のなさ。直々に抹殺命令が下るわけだ」

攻めてこなくなったモンスターの包囲が割れ、間から一人の悪魔族が現れる。

ツノを生やし赤い瞳をしており、これまでローラが対峙した相手の中でも二番目に強いプレッシャーをぶつけてきた。

「あなたは……何者ですか？」

「私は四闘魔の一人【離間】のウイユだ」

「どうせ出てきても御主人様にやられるだけなのです。いい加減飽きたのです」

「まあ、今更四闘魔が出てきたとしても驚きませんけどね」

堂々と名乗りを上げたウイユだったが、二人の反応はまったく想像していないものだった。

「おい、私は四闘魔だぞ！　一将で国を傾かせることができる十三魔将より上のデーモンロード直轄なんだぞ！」

「だからなんなのです？　十三魔将と言えば以前に戦いましたが変な能力さえなければ私一人でも十分倒せる相手でした」

「マリーは風の精霊王なのです、悪魔族程度になめられるいわれはないのですよ」

恐怖するどころか平然としている二人にウイユは頬をひくつかせる。

「その言葉……後悔させてやるからな」

ウイユはそう言うと翼を広げ、戦闘態勢をとった。


ローラが杖を構えると十を超す光の矢が周囲に現れる。彼女は飛び回るウイユに狙いを定めると魔法を解き放った。

「【セイントアロー】」

「くっ、くそっ！」

ウイユは瞳を鈍く光らせながら、なんとかローラが放った魔法を回避する。

「ちょこまかと、うっとおしいのです。直接殴るのです【ウインドブロウ】」

「ぐわあっ！」

手に竜巻を纏わせたマリーが空中戦を仕掛ける。ローラの魔法を避けるのに必死だったせいでウイユはその一撃をまともに食らった。

「だから言ったじゃありませんか、私に敵うわけがないと」

「所詮は四闘魔なのです、マリーが本気を出すまでもないのです」

ドレスのホコリを払いながらローラはつまらなそうに言う。マリーも笑うと四闘魔を馬鹿にして見せた。

「くっ……くそっ」

起き上がりながら二人を睨みつける。追い詰められているにも拘わらず、ウイユの態度には余裕が残っていた。

「とっとと倒して次に行くとしましょう」

ローラの中で警鐘が鳴り響く。以前のドゲウもそうだったが、この程度の力で四闘魔というのはおかしい。何か手を残しているはず。

それならば手の内を見せる前に倒してしまおうと考え、魔法を使おうとしたのだが……。

「何……これ……？」

「うっ……なんか妙な気分になってきたのです？」

現れた時から仕掛けていたのだろう、マリーとローラに変化が訪れた。

「くくく、ようやく効果が出てきたか」

ウイユは起き上がると笑みを浮かべた。

「どう……言う……こと……なの？」

「か、身体が……こ、心に何かが入ってくる……のです？」

「私の能力は親しい人間が徐々に憎くなっていくものだ。お前たちは段々とお互いを憎み始め、やがて殺し合うようになる」

「そん……な……能力が？」

「う……何かが溢れてくる……のです」

「お前たちの予想外の強さに能力発動まで時間が掛かった。だが、もうここまでだ。泣け！　叫べ！　殺し合いをしたくないと抗い！　心地よい負の感情を私に寄越せ！」

　これこそが、ウイユがこの二人の前に現れた理由だった。

　自身の力は二人に劣っていても、仲間同士を殺し合わせる残虐性と強い相手を確実に倒す能力を買われて四闘魔の地位へとのし上がっていた。

　先程まで舐めた口を利いていた二人が、どのような声で泣き叫ぶのか楽しみにしていると
…………。

「なるほど、能力では仕方ありませんね。私もこんなことはしたくないのですよ……【フレアアロー】」

「へっ？」

　業火がウイユの鼻先を掠めマリーへと向かう。

「それはマリーもなのです。ローラヲキズツケタクナイノデスヨー（棒読み）」

　マリーは不自然な声を出すと腕を振る。

「うおっ！」

　風が巻き起こり、業火が跳ね返されてウイユの頭部を掠め焦がした。

「ふふふふふ、これまでは周りの目もあって本気で攻撃できませんでしたが、四闘魔さんに操られているのなら仕方ありません。ええ、仕方ありませんとも」

「そうなのです、操られているだけなのだから言い訳は何とでもできるのですよ。これまでマリーを馬鹿にしてきたローラを痛い目に遭わせてもそれは不可抗力と言うやつなのです」

「やってみればいいじゃないですかっ！　この前食べられたプリンの恨み、忘れてないですからっ！」

「そっちこそっ！　マリーが大事にとっておいたチョコレート食べたくせにっ！」

「積もり重なった恨み！」

「ここで晴らすのですっ！」

「ちょ、ちょっと！　お前たちっ！」

泣き叫ぶどころか嬉々として戦いを始めようとする二人。暴力的な魔力が高まり、危険を察したせいか生き物は全員その場から離れている。ただ一人逃げられないのは二人の間に挟まれたウイユだけ。

「お、お前たちには友情とかないのかっ！」

「そんなものっ！　今まで溜まったうっぷんに比べれば！」

「ここまでの我慢に比べたら！」

本日最大威力の魔法が二人より放たれる。

「や、やめっ⁉」

「「食らえええええええええ（なのです）」」

次の瞬間、二人の間で大爆発が起こり……。

「ロ、ロード……もうし……わけ……あり……ま……せ……ん」

爆発に巻き込まれ、ウイユは消滅するのだった。

★

「何かしら？　あの爆発は？」

爆発音を聞いたアリスはテラスに出ると煙が上がっているのを確認した。

場所は国立の自然公園がある辺りで、近くに建物などがないので壊れたものはなさそうだ。

「あれは……ローラとマリーが見えるわ」

隣に立つセレナが目を凝らすと、その場にいる人物の名を口にした。

彼女はエルトが出て行った後でアリスの下を訪れ、そのまま一緒に城の警備についていたのだ。

「あの二人は無事？　もう少し詳しく様子を教えてくれないかしら？」

「んー、あの爆発を受けたせいか凄く汚れているわね」

「あとは？」

「お互いに掴み合いの喧嘩をしているみたい」

「はぁ、この非常時にどういうつもりなんだか……」

頭痛を覚えたアリスは眉間に指をやると疲れた顔をした。

「まあ、あの二人はいつも通りってことで仕方ないわよ。それより、城内の警護は順調そうね」

マリー程ではないが、セレナも耳が良い。意識を集中してみてもどこかからモンスターが入り込んで戦っている音は聞こえてこない。

「招待客の中にはレオン王子やシャーリーもいるから。あの二人がいればいかにモンスターとはいえ、簡単に危害は加えられないわ」

彼らと城の騎士に来賓の護衛を任せておけば安心だ。アリスは上がってくる報告から思っているよりも善戦していることを知ると……。

「では、ここらで一つ犠牲を出すとしましょうか」

「何者っ！」

突然聞こえた声に、アリスが周囲を見渡す。

「そこっ！」

セレナが短剣を抜くとアリスの横を抜け影に突き刺した。

「良い勘をしている。流石ロードが直々に指名するだけのことはありますね」

短剣が腐食して崩れ落ちる。影が盛り上がり腐臭が漂い始めた。

「我はロード直轄の四闘魔の一人【不浄】のベリアル。貴女たちは剣聖アリスとエルフのセレナですね？」

　白く濁った目が動く。

　二人は四闘魔から自分たちの名前が挙がったことに驚き、息を呑んだ。

「ああ、ここにいると聞いていたので答えなくて結構です。それにしても人間のメスは良い。貴女たちの甲高い悲鳴を私に聞かせてくださいよ」

　ベリアルの身体からボトボトと腐肉が落ち異臭を発する。一歩進むたびに煙が上がり、絨毯が黒ずんでやがて塵となった。

「気を付けてセレナ、そいつに近寄るのは危険よ」

　名乗った二つ名と絨毯の様子を見て相手の能力を察したアリスは、セレナに距離を取るように忠告する。

「貴女方は人間のメスの中でもとても美しい個体なのでしょう？　我はこれまで貴女方のような美しいメスを見つけては四肢を腐らせ泣き叫ぶ姿を見てきました。知っていますか？　美しいメスほど腐り落ちた時に抱く絶望の感情が美味なのです。我は貴女方の絶望を早く味わいたい」

　ゆっくりとした動きで二人に近付いていく。

「何事かと思えばモンスターめ！　城内に入り込んでいたかっ！」

「姫様お下がりくださいっ！」

「我らイルクーツ騎士団の力、とくと見よっ！」

騒ぎを聞きつけた騎士が前に出て剣を抜き、ベリアルへと攻撃を仕掛ける。

「待って！　そいつに近付いちゃ駄目！」

アリスが制止するが遅かった。

「我の食事の邪魔をするなっ！　汚らわしいオスどもめっ！」

「ぐああああああああああ」

「があああああああああああ」

二人の騎士が両手で掴まれ持ち上げられる。苦しそうな声を上げている間も腐敗が進み、頬肉が落ちていく。

もう一人の騎士はベリアルへと斬撃を食らわせたのだが、剣はベリアルの身体の表面で止まると煙を上げて錆び始めた。

「ひっ！　ひいいいいいいいいいっ！」

「逃げなさいっ！　はやくっ！」

もう一人の騎士は目の前で仲間が腐り落ちる姿を見て、恐慌をきたす。

「危ないっ！」

騎士の頭がなくなり地面に落ち、ベリアルが目の前の騎士を掴もうと右手を伸ばしたところでセレナが矢を放った。

「飛び道具なんて効きませんよ」

ベリアルはその矢を左手で掴み取り、折る。そして腰を抜かしている騎士の顔を掴み持ち上げた。

「やっ、止めてくれ！　うわあああああああ！」

煙が上がり、嫌な臭いが立ち込める。最後に残った騎士の声は次第に小さくなり、腕がだらりと下がった。

「なんてことを……許さない！」

目の前でなすすべもなく騎士たちの命を奪われたアリスは、ベリアルを睨んだ。

★

「どうしました、かかってこないのですか?」

剣を抜きベリアルを牽制する。だけど私はやつから感じる圧力に押されていた。

頬を汗が伝うのを感じる、以前戦ったことがある十三魔将とはレベルが違う。私は唇を強く噛むと、こみあげてくる恐怖を抑え込む。

「アリス、まずは遠くから攻撃して様子を見るわよ」

「ええ、わかったわ」

セレナが肩に触れ耳元で囁いてくる。彼女も同じプレッシャーを受けているはずなのだが、特に気負う様子がない。

「あれくらい、古代竜に比べれば全然大したことないから。アリスもそんなに怯えないで平気だからね」

「なるほど、古代竜と戦ったセレナが言うなら安心よね」

自分が知らぬ強敵と戦った経験を持つセレナに嫉妬する。だが、それは同時に頼もしくもあり、私は苦笑いを浮かべると剣を構えた。

「さあ、行くわよっ！【トリプルシュート】」

セレナが回り込むと矢を三本番えて放った。

「甘いですっ！」

二本が両手で弾かれ、一本が突き刺さる。

「今よっ！【ロイヤルスラッシュ】」

私が聖気を乗せた斬撃を飛ばすと、ベリアルの胸部に当たり斜めの筋ができた。

「なかなかやりますね、聖水で清めたミスリルの矢に聖属性の斬撃を飛ばしてくるとは。悪魔族との戦い方としては正解でしょう」

傷口から煙が上がる。次の瞬間何もしていないのにも拘わらず矢が地面へと落ちた。

「だが、我は四闘魔。その程度では倒すことはできませんよ」

「矢じりが溶けている……」

ミスリルの矢は先端を失い、煙を上げていた。

「さあて、それでは四肢をもがせていただきましょうかねぇ」

ベリアルはそう言うと一瞬で私に迫り、右手を突き出してきた。

「きゃあああああああ！」

愛用のプリンセスブレードを盾にするが吹き飛ばされる。

「ううう、なんて速さなの……」

壁に背をつけながら私はなんとか起き上がる。追撃に備えなければと痛みをこらえながらベリアルの次の動きに注意していると、

「何っ⁉」

ベリアルの両足に二本の矢が突き刺さった。今度の矢は腐食の能力で腐り落ちずダメージを与えているらしい。

「アリス、ここは一旦引くわよっ！」

「わかったわっ！」

セレナは私だけに見えるように目配せをすると、テラスから飛び降りる。

私はベリアルがそちらを見ている隙に室内へと戻ると階段を駆け下りた。

「はぁはぁはぁはぁ」

「追い駆けっこは終わりでしょうか?」

城内を駆け抜け教会へと駆け込む。そこには女神ミスティの石像があるだけで、礼拝に使われる椅子や祭壇などは置かれていない。

「先程のエルフは逃がしましたが、貴女は追い詰めましたよ。早速目的を果たさせていただきましょう」

瘴気が漂い、教会を不浄が支配し始める。

「デーモンロード直轄の四闘魔。そんな大物にどうして私とセレナが狙われたか教えてくれないかしら?」

「この期に及んで時間稼ぎですか?」

ここにくるまでで力の差ははっきりしている。たとえセレナが駆けつけたとしても私たちの今の実力ではベリアルを倒すことはできない。

そのことをベリアルもわかっているのか、いやらしく笑うと話し始めた。

「まあいいです、どうせ苦しむ時間が長くなるだけ。なぜ貴女方が狙われたかと言うとロードの指示です。ロードは聖人エルトを警戒しており、我々四闘魔に周囲の人間を排除するように命令を下したのです」

「それで、あなたの担当するのが私とセレナというわけなのかしら?」

「適材適所と言うやつですね。貴女方の情報は得ています。天賦の才を持ち強力な魔法を使えるあなたの妹と風の精霊王は【離間】のウイユによって同士討ちをさせております」

すべてはデーモンロードの采配通りらしい。

おそらく、今の言い方からしてベリアルは魔法攻撃が苦手なのだろう。四闘魔と言うからには並の相手であれば問題はないのだろうけど、マリーは精霊王で、ローラは大賢者。

仮にここでベリアルと対峙しているのがあの二人だったら、一瞬で蒸発させることもできたのだろう。

敵はどうやら私たちの情報をかなり正確に掴んでいるようだ。どこから情報が漏れたのか考えていると、ベリアルが口を開いた。

「さて、そろそろこの建物も瘴気で満たされてきました。時間稼ぎはもう必要ないでしょう」

「くっ！」

ベリアルが掌を向けると不快な臭いの風が私まで届く。

「鎧がっ⁉」

妙な感覚を覚えた私は自分の着ている鎧へと視線を向けると、布が溶け始めていた。

「我が不浄の風はすべての物を腐食します。その鎧には魔法が掛っているようですが、いつまで防ぐことができますかね？」

動き回って避けようとするが、足を動かさなければいけない私に対し、手をかざすだけのべ

リアルの方が有利だ。私の鎧はボロボロになり、とうとう下着が露わになってしまった。

「はぁはぁはぁ……」

ベリアルの能力から身を護ってくれていた鎧はもうない。次に攻撃を受ければ私の腕は根元から腐り落ちるだろう。

「伝わってきます、伝わってきますぞ。貴女の無念の気持ちが。実力ではエルトにも妹にも負けて、特訓はしていたようですが我に為すすべもない。結局無駄な努力だったと言うわけですね」

ベリアルは私から流れる悔しさの感情を味わうと、恍惚とした表情を浮かべていた。

「確かにその通りよ、私一人では何もできなかったし、エルト君やローラとの実力差は依然開いたまま。剣聖なんて称号をもらってはいるけどプライドなんてとっくの昔にズタズタよ！」

私は冷静になると自身の負の感情と向き合う。かつてはそれを認めることができず、周囲の人間を傷つけた。同じ失敗を繰り返すつもりはない。

「そうでしょう、ならばそろそろ諦めてその美しい顔を恐怖で歪めていただきたいものですね」

教会を瘴気で満たされ、圧倒的な実力を見せつけられたにも拘わらず、私の心が折れないことをベリアルは不思議に思っているようだ。

「私が諦めたのは現時点でエルト君とローラに敵わないこと。そして私一人じゃあなたを倒せないということまでよっ！」

――パリンッ！――


天井のステンドグラスが割れ、何者かが下りてきた。

「ごめん、お待たせ！」

「遅いわよ、セレナ。死ぬかと思ったんだから」

背中に何やら担いでいるセレナが登場した。

「逃げたエルフが今頃戻ってきたところでどうなると言うのです？」

ベリアルは馬鹿にするような声を出した。

「四闘魔の……なんだっけ？」

「……ベリアルです」

ところが、セレナはそんなベリアルを挑発し返した。

「そうそう、ベリアル。あなた私たちのこと調べたと言っていたわよね？」

「ええ、ロードの采配により相性の良い相手に当たらせていただいてますが？」

「それって、能力を見た私たちが戦闘中に対策をとることまで考えてなかったの？」

セレナはそう言うと背中に背負っていた物を降ろした。

「まさか……それは……？」

「うん、全部聖杯だよ。こんな時に備えてエルトに作っておいてもらったの」

私はセレナから渡された聖杯を左右の手に一つずつ持つ。そして彼女と目を合わせて頷いた。

「聖杯よ。この空間を清めたまえ」」

四つの聖杯が砕け散ると同時に教会が眩しい輝きを放った。

「グアアアアアアアア！　こ、この聖気は……なんと言う……」

ベリアルの瘴気は聖気に抑え込まれ、腐肉が剥がれ消滅していく。

「おのれ……このような手を使ってくるとは……」

骨だけになったベリアルは怨嗟の声を漏らすと私たちへと近付いてくる。

「ぬけぬけと追いかけてこなければよかったのにね」

私たちが目的だと明言されたからこそ、他の人々のことを気にせず、自分たちを囮にしてここまで誘い出すことができた。

「あーあ、結局今回もエルト君に助けられちゃったわね」

自身の力でベリアルを倒し、彼に並び立ちたいと考えるのは傲慢だったようだ。私は自分の至らなさに愚痴をこぼした。

「文句言わないの、エルトだってアリスが傷つく方が嫌に決まってるんだからさ」

「何を余裕をかましている！　こうなったらどちらか一人だけでも道連れにしてくれるわ

っ！」

冷静さを失い、骨だけの身で突進してくるベリアル。私たちに余裕が戻ったことが気に入らないらしい。

「あなたの相手はもう飽きたわ」

「これでお終いね」

セレナの弓と矢が輝き始める。私はプリセスブレードに聖気を集める。

「ばっ！　馬鹿なあああああああああ」

セレナの弓と矢と私の剣は、エルト君によって光の微精霊が集まりやすいように細工されていた。つまり、この状況ならば…………。

「【シャイニングアロー】」

「【インペリアルクロス】」

二人の必殺技がベリアルへと到達し、

「この私が……こんな……小娘共に……あり……え……な……」

骨一つ残さず消滅させた。

★

「はあっ！」

目の前のモンスターを斬ると俺は周囲を見渡す。

モンスターの襲撃が始まってから、どれだけの時間が経ったのだろう？

警備兵の配置が良かったのか、誘導が上手かったのか、ここら辺一帯に人の気配はなくなっていた。

「マリー、そっちは平気なのか？」

『四闘魔とか言う変なやつが現れてマリーとローラを戦わせたのですが、おおむね問題なかったのです』

「ちょっと待て、今何て言った？」

『安心して欲しいのです、ローラには負けなかったのです』

そんな報告はどうでもいい。俺はあいつらが何をしているのか気になった。

「詳しく状況を説明してくれ……」

俺はモンスターを倒しつつ、移動しながらマリーの報告を聞く。

話によると、相手の精神を侵して仲違いをさせる能力を持つ四闘魔と対峙したようだが、マリーとローラが全力で争ったところ、巻き添えを食らって消滅してしまったらしい。

何とも哀れな話だが、先程の爆発がマリーとローラの仕業だと知り、腑に落ちるところもあった。

『マリーは引き続きモンスターの残党狩りをしているのです。ローラはアリスを心配して城に戻ったのです』

「それでいい。まずは態勢を整えるのが第一だ」

ローラならば、この混乱している事態でも適切な判断が下せるはずだ。

『御主人様、合流するのです？』

マリーから提案が上がってくるが、

「いや、まだまだモンスターが街中をうろついている。マリーはこのまま見かけるモンスターを倒し続けてくれ」

『サーチアンドデストロイ。なのです！』

こういう時に空が飛べるマリーの機動力は頼もしい。

『御主人様も気を付けて欲しいのです。先程倒した四闘魔はマリーたちを知っていたのです。マリーたちを倒すために現れたのですよ』

悪魔族がいよいよ本気になってきたということだろう。王国内にスパイでも潜り込ませている可能性が高い。

「わかった、そっちも気を付けるんだぞ」

俺はマリーにそう言うと通信を切った。

「大体のモンスターは倒したかな？」

モンスターが多い方へと向かっていると、気が付けば外壁まで来ていた。

もう少し進めばダンカンさんの農場がある。ここまで来たなら無事を確認しようと足を向ける。

「ダンカンさんっ！　返事をしてください！」

基本的に街の外は見晴らしが良いので、モンスターが攻めてきたら、いち早く発見し街中へと避難しているはず。

そう考えてはいるが万が一もあるので不安が募ってくる。

作業場は荒らされた様子もなく、以前来た時と同じで木箱の中には収穫した野菜が積まれていた。

人の気配がしないので、もう少し見回って異変がなければ切り上げようと考えていると……。

「これは……瘴気か？」

気配を感じた方へ慌てて走り出す。瘴気の発生源を突き止め到着すると、

「待っていたぞ、聖人エルト」

そこに八体の悪魔族が待ち構えていた。

「お前たちはなんだ？　ここで何をしている？」

神剣ボルムンクを抜き放ち、油断することなく全員を睨みつける。

感じ取った気配から、ただの悪魔族ではないことはすぐにわかった。

「小生は四闘魔が一人【災厄】のファネス。聖人エルト、貴様を葬る者だ」

「なんだと?」

俺が怪訝な視線をファネスに向けている間にも、他の悪魔族が名乗り出しているが律儀に覚える必要もないので聞き流した。

「悪魔族は馬鹿なのか? 俺にはお前たちを弱体化させる手段があるんだぞ?」

ドゲウの時に学んで以来、俺は聖杯を量産して持ち歩いている。

それどころかセレナやアリスにも持たせているので、悪魔族にとって俺たちは天敵とも呼べる存在になっているはずだ。

「おっと、余計なことはしない方が良いぞ。ここにはお前が世話になった農夫が残っている」

聖杯を取り出し使用しようとすると、ファネスが手で制止してきた。

「やつにはベリアルが作った瘴毒を打ち込んである。これは対象に小生たち悪魔族と同じ属性を持たせるもの。ここを聖気で満たせば確かに小生たちは弱体化するかもしれないが、農夫は耐えきれずに死ぬだろう」

「この卑怯者め……」

数で勝っているというのに人質までとるとは悪魔族の四闘魔が聞いて呆れる。

「何とでも言うがいい。貴様には小生を含む八人の相手をしてもらおうか!」

この場を聖気で満たすことを諦めた俺は聖杯から手を放す。

「流石の貴様も聖杯を使えなければ、この数を相手にどうしようもあるまいっ！」

ファネスが勝ち誇った顔をし、後ろに控えている十三魔将の七人もそれに倣った。敵を前にして緩んだ空気を流す悪魔族を俺は冷めた目で見る。

「一つ教えておいてやる」

ダンカンさんを人質に取られた怒りからか、俺は乱暴な口調でファネスに告げる。

「俺は聖杯を自由に作り出せるが、光の微精霊を集めるのは別に杯である必要はない」

「何だと？　それがどうしたと言うのだ？」

これまで通り、光の微精霊が好む魔力を練り上げ始める。これまでしてきた訓練の成果か、膨大な数の光の微精霊がどこからともなく集まってきて、俺の魔力を吸い上げると神剣ボルムンクへと吸収されていく。

「な、なんという恐ろしい聖気なのだ……」

やがて聖気をこれでもかという程纏った神剣が完成すると、

「つまり、こうして武器に集めてしまえばダンカンさんの身体に影響を与えることはないっ！」

「おっ、お前たちっ！　何をぼーっと見ているっ！　一斉に攻撃するのだっ！」

ファネスの指揮の下、悪魔族は周囲に展開すると襲い掛かってきた。

「ぐああああああああああっ！」

剣を一振りすると一人の悪魔が消滅する。

「な、なんて威力なのだ」

聖杯作りや成長促進で魔力の制御訓練は毎日行っている。限界まで光の微精霊を宿した神剣の切れ味は、もはや十三魔将ですら一振りで倒すことが可能だった。

「……ひっ！」

睨みつけるとファネスが怯え、一歩下がった。

「お前たちは許さないからな！」

怒りに身を委ねた俺は思うがままに神剣を振るうと、四闘魔と十三魔将を瞬殺するのだった。

五章

★

「何？　全滅しただと？」

『はい。四闘魔の三人と十三魔将七人、および周囲から集めたモンスター千匹もすべて片付けられました』

「……エルトめ！」

デーモンロードの口から怨嗟の声が漏れる。

『その代わり、例の人物を確保してあります』

「よくやった。早くそいつをここへ連れてこい」

デーモンロードが命令すると、例の人物とやらが姿を現した。

「くっくっく、こいつさえいれば形成を逆転させることが可能だ」

その人物は、漆黒の衣に包まれており、右手には黒い宝石の指輪を嵌めている。エルトを倒すための切り札を手に入れたデーモンロードは高笑いをするのだった。

★

「まだアリシアは見つからないのかっ！」

声に苛立ちが混じっているのがわかった。俺が拳を握りしめると爪が食い込み血が流れた。

「ええ。建国祭の最中に城から走り去る姿が目撃されているのですが、その後の動向は掴めず……」

ローラは俺の顔色を窺うと、おどおどしながら報告した。

「エルト君、気持ちはわかるけど落ち着いてちょうだい」

アリスが心配そうに手を伸ばすが俺は振り払う。

「落ち着けって？　こうしている間にもどこかで死にかけているかもしれないんだぞ？」

アリシアが怪我をして身動きできず苦しんでいる姿を想像しただけで、胸が張り裂けそうになる。

「いい加減にしなさいよ！　エルト！」

セレナに怒鳴られ、はっと顔を上げる。

「アリシアのことが心配なのはエルトだけじゃないのよ！　私だって……」

セレナもアリシアを心配しており、目が潤んで涙を堪えていた。

皆の顔を見る。全員が不安そうな表情で俺の様子を窺っていた。

「すまない、取り乱した」

右手で目を覆い、彼女たちから顔を逸らす。そうしなければ冷静さを取り戻すことができなかった。

「御主人様、元気を出して欲しいのです」

マリーが肩へと触れる。その手の温もりでささくれていた心が少し落ち着いてきた。

「とにかく一度休んでちょうだい。あなたにまで倒れられたらどうしていいかわからないわ」

アリスは疲れた声を出した。現状、今一番大変なのは彼女なのだ。建国祭で襲撃を受けてしまったため、他国とのやりとりもしなければならない上、街の復興作業の指示もしなければいけないのだから。

「何か手掛かりを得られたら、魔導具ですぐに連絡いたしますから」

ローラにそう告げられ、俺とセレナとマリーは自分の屋敷へと戻るのだった。


アリシアが行方不明になってから一週間が経過した。

その間、街のところどころで発見された死体は神殿前の広場へと運ばれていた。

広場では家族が行方不明になった人々が祈りながら報告を待っており、死体が運び込まれると時には自分の身内でないことを喜び、時には縋り付いて泣いていた。

俺も毎日通いながら何か手掛かりがないか確認しては、街の修復作業を手伝いに向かう日々を過ごしている。

本日も何の手掛かりも得られず、立ち去ろうとしていると……。

「エルトさん、ちょっとお時間いただけないでしょうか?」

サラが話し掛けてきた。

「俺……この後用事があるんだけど」

今は誰とも話したくなかった。修復作業を言い訳に立ち去ろうとするのだが、彼女は人目を気にしながら俺に近付くと耳元で囁いた。

「アリシアさんについてお話ししたいことがあります」

久しぶりに他人の口から聞く彼女の名前に、俺は顔を強張らせるとサラを見つめた。

「アリシアの話ってなんだ?」

人気のない場所へ移動すると早速用件を切り出す。

緊張して喉がからからになる。もし悪い話だったらと考えると身体が震え出しそうになった。

「彼女は生きています」

ところが、サラの口から出たのはまったく違う言葉だった。

「どうしてそれがわかるっ‼」

「元々、私は彼女に頼まれて聖魔法を教えていました。日頃から彼女を身近で見てきた私には彼女が聖魔法を使った時の聖力を感じ取ることができるのです」

「本当に間違いないのか⁉」

俺の問いに彼女は頷いて見せる。

「私も彼女が生きていると信じ、毎日精神を研ぎ澄ましながらアリシアさんが魔法を使うのを待っていました。すると本日になってようやく反応を掴めたのです」

「アリシアが魔法を使った？　どこでだ？」

生きているということに希望が湧いてきたが、もしかするといまだ窮地にいるのかもしれない。俺はサラの言葉の続きを待った。

「すぐに反応が消えてしまったので方向くらいしか……。でもまた魔法を使うようなことがあれば絞り込めると思います」

やっと掴んだ手掛かりだ。ここで手放すことはできない。

「サラ、頼む。俺と一緒にアリシアを探しにいってくれないか？」

もし彼女が無事なら何でもする。俺はそう伝えると必死に頭を下げた。

★

「エルト君が戻らないですって？」

「そうなのよっ！　いつも通りに神殿に行ったらしいんだけど、その後、修復作業にも顔を見せなかったの。変だと思って屋敷で待ってたけど一晩経っても戻らなかったわ」

　セレナは昨晩からの状況を掻い摘んでアリスに説明した。

「マリーはエルト様と契約していて繋がっているのでしょう？　そちらから呼び掛けてみたらどうですか？」

「それが駄目なのです。何度か呼び掛けてみているのですが、謎の力に妨害されているようで繋がらないのですよ」

　その言葉を聞いたローラは、自分の魔導具を起動してエルトを呼び出すが繋がらなかった。

「……このタイミングでエルト様と連絡がつかなくなるということは」

「ええ、悪魔族の仕業に違いないわね」

　悪魔族は先日の襲撃で四闘魔と十三魔将を失っている。何かしらの報復をしてくると警戒していたが、直接エルトを狙ってきたに違いない。

「とにかく、私とお姉様は事態の収拾のため手が離せません。セレナとマリーはどうにかしてエルト様と連絡をつけてください」

「わかったのです！」

「わかったわ！」

その場の全員の心に重いものがのしかかる。それだけ彼女たちの中でエルトの存在は大きくなっていたのだ。

「エルト……一体どうして何も言わずにいなくなったの？」

エルトほどの実力があれば、悪魔族に一方的に連れ去られたとは考え辛い。おそらく自分の意志でどこかに向かったに違いない。

「お願いだから返事をしてよ」

セレナは両手を組むと、エルトの無事を祈るのだった。

★

「すまないな、俺に付き合ってもらって」

俺は隣を歩くサラに謝る。

「いいえ、アリシアさんは私の友人ですから。彼女を救うためなら協力は惜しみません」

サラはそう言うと俺に微笑み返した。

あの日、俺たちは誰にも何も告げずにイルクーツを出た。四闘魔や十三魔将のたび重なる襲撃でアリシアがいなくなった。もしこのまま俺の傍にいたら皆を巻き込んでしまうと考えたからだ。

「それで、方向はまだ変えなくても平気なのか？」

サラが一度、アリシアの聖力を感知して以降、毎日ほぼ決まった時間に魔法の反応があるらしく、俺はサラが感じ取った反応を頼りに進んでいた。

現在はイルクーツの東にあるレナリア山脈まで来ている。険しい道を歩いているのだがサラは汗を流しながらも文句ひとつ言わずに同行してくれていた。

「それにしても、エルトさんはどうしてそこまでしてアリシアさんを助けたいのですか？」

黙々と歩いていたところ、サラが話し掛けてきた。

「アリシアはいつだって自分より他人のことを考えてきた。俺はそんな彼女にずっと憧れていたんだ」

ふと彼女の顔を思い出す。いつも俺のことを気にかけてくれていた。孤立しないよう必死に話し掛けてくれた。時には外へと連れ出してくれた。俺はそんな彼女に返しきれない恩があった。

手の中にある首飾りを握り締める。子供のころにアリシアから贈られたものだ。

「エルトさんが邪神の生贄になった経緯は聞いています。アリシアさんのことを愛していらっしゃるのですね？」

その言葉に、俺は答えを返すことができないでいる。

あの日、アリシアの代わりに生贄になってから色々なことが変わってしまった。そのせいで俺とアリシアの関係も変化してしまい、自分の気持ちがわからなくなったのだ。

「彼女がどのような状態なのかはわかりません。ですが、もしこのまま進めばあなたは命を失ってしまうかもしれません」

サラは「それでも行くつもりですか？」と真剣な表情で聞いてくる。

「俺はアリシアに再会した時に言ったんだ」

だが、決して変わらない気持ちもある。

「何と？」

「もしまた同じようなことがあっても命をなげうってでも救う覚悟だと」

アリシアのためなら、この命を捧げても構わない。

そう言うと、サラは透き通った瞳を俺に向ける。そして納得をした様子を見せ頷くと、

「わかりました、エルトさんの決断を尊重いたします」

そう言うと、ふたたび歩き出した。


あれから、どれだけの時間が経過しただろうか？

俺とサラは山脈の途中に洞窟を発見して中へと入っていく。洞窟の中は寒く、息を吐くと白いもやが現れ、すぐに消えていく。

「だんだん……アリシアさんの反応が近付いています」

サラは緊張した様子で前を向いていた。

何が出てくるかわからない、俺も警戒してついていくと……。

「何だ、ここは？」

洞窟を抜けると空洞へと辿り着いた。そこには聖気が満ちていて、天井からは優しい光が降り注いでいる。

「この聖気の量は神殿以上だぞ」

聖杯をいくつ使えば、この領域まで達するのだろうか。俺は驚きながら前へと進むと……。

「よく来たな、聖人エルト」

「何者だっ！」

奥から一人の男と漆黒のローブを身に着けた人間が歩いてくる。

男の体格は俺とそう変わらないが特徴的なツノが二本生えている。ローブ姿の方はフードを被っていて表情が窺えない。

「俺は悪魔族を統べる王、ランバルディ」

「悪魔族を統べる王……だと？」

どうしてそのような人物がこんな場所に？

「聖人エルト、エリバン侵略計画阻止に始まり我が悪魔族の計画妨害の数々。目障りなことこの上ない、その罪は万死に値する」

「勝手なことを言うなっ！　お前たちの計画のせいでどれだけの人間が傷つき死んでいったと思っている！」

デーモンの襲撃で家族を失った子供たち、住む家を失くした者たち。

これまでの旅の間、俺は不幸になった人々を散々見てきた。

その諸悪の根源が目の前にいるということで敵意を向けていると、やつは信じられない提案をしてきた。

「……本来は万死に値するところだ。だが、貴様に一度だけチャンスをやろう。降伏して俺の下につけ」

「なんだと？」

俺が戸惑っていると、ランバルディは話を続けた。

「四闘魔や十三魔将を倒し、邪神のスキルを身に付けている貴様には、その資格がある。我の右腕となり、ともに世界を支配しようではないか」

「俺は人間だぞ？　人間を悪魔族に引き入れる？　ふざけているのか？」

これまで散々俺を襲撃し、周囲を巻き込んでおきながら、そんな提案を口にする。

俺は殺意を覚えると、ランバルディを睨み付けた。

「別にふざけてなどいない。貴様は四闘魔や十三魔将、他にも何度かデーモンと遭遇していたことがあるはず」

「それがどうしたっ！」

「ならば知っているはずだ。デーモンは元々人間から生まれたのだと」

「そっ、それは……」

エリバン城でのクズミゴのことを思い出す。俺は変化する過程を直接見たわけではないのだが、デーモンの瘴気を浴びた悪しき心を持つ者がデーモンになることは知っていた。

「デーモンとはこの世界に寄生するクズどもを排除するため、世界が生み出した存在なのだ。エルト、貴様はこの世界を平和に導きたいらしいが、それは貴様ら人間にとっての平和であり、この世界に生きる生物にとっては不幸でしかない」

「なんだとっ！」

「邪神亡き今、国同士が争っている。争わずとも領地の奪い合いや同じ国に所属しているにも拘わらず権力争いばかりしている。実に醜い」

「国や人を扇動し、争わせているのはお前たち悪魔族じゃないか！」

自分たちでことを起こしておきながら、人間を悪し様に言うランバルディに俺は言い返した。

「良いか、エルトよ。もっと大きな視点で物事を判断するのだ。かつて【暗黒竜】アポカリファニスを討伐した勇者がいた。やつは暗黒竜を討伐した後【聖人】となったが、その後どうなったのか知っているか？」

「……元の世界へと、帰ったんじゃないのか？」

以前アリスから伝え聞いたことを思い出す。

「違うな、殺されたのだよ。同じ人間にっ！」

予想だにしていない返答に俺は驚く。

「嘘を言うなっ！」

かつての聖人が殺されたなど信じられるわけがない。ましてや相手はデーモンロード。すべての悪魔族をまとめ上げている存在だ。

「嘘ではございませんよ、エルトさん」

「サラ？」

俺がランバルディの言葉を否定すると、予想外なところから言葉が挟まれた。

「神殿の奥深くにある禁書庫。そこには世に出すことができない記録が眠っています。私は聖女の地位を得た後、禁書庫に入りましたが、その記録の中に聖人様に関する書物もあったのです」

俺とランバルディは黙って彼女の言葉を聞く。

「かつて暗黒竜【アポカリファニス】に挑んだのは異世界より召喚された七人の勇者でした。彼らは当時世界を暗黒に染めようとしていた存在【アポカリファニス】を討伐し、世界を平和に導きました」

皆が知っている【黒の勇者の英雄譚】で語られる内容そのものだ。

「ところが、世界が平和になると、各国の権力者と神殿の人間は彼らを疎み始めたのです」

物語では彼らは異世界に戻ったとなっていたはずだ。

「やがて、彼らは罪を着せられ、暗殺者を送りこまれ、散り散りになったのです。そして、当時最後まで神殿に対し抗議し続けたのが聖人様。彼は神殿の策に嵌められ、誰も知らぬところで息を引き取った。神殿の禁書にはっきりそう記されていました」

サラが語り終えると、俺はショックを受けた。

「今はまだ良い。悪魔族と言う明確な敵が存在しているからな。だが、仮に貴様が我らを倒したら、次は貴様が他の者たちから命を狙われることになるぞ」

ランバルディは静かに語り掛けてくる。俺はかつての聖人の末路にショックを受けていたが……。

「確かにそう言った事実があったのかもしれない」

「ならば！」

邪神を討伐してから知り合い、俺を認めてくれた人々の顔を思い浮かべる。

「だからと言って、今この時代に生きる人たちが俺を裏切るなんて思わない」

アリシアにセレナにマリー。アリスとローラの顔が思い浮かぶ。彼女たちは俺を信じてくれていて、俺は彼女たちを信じている。

「だから、俺は俺を信じる人たちのためにもここでお前を倒す！」

俺が神剣ボルムンクを抜き、ランバルディに向ける。

「ふん、人族に良いように利用されることに同情して手を差し伸べてやったが、ここまで頭が悪いとは思わなかったぞ」

やつは白く輝く剣を抜き放ち、臨戦態勢をとった。

「いくら邪神のスキルを宿そうが、所詮は人族。貴様の限界を教えてやる、聖人エルト」

「行くぞっ!」

俺は気合いを入れると、剣を構えてランバルディに斬りかかった。

幾重もの斬撃が交差し、そのたびに火花が散る。

俺とランバルディが保持している剣はこの場の聖気のお蔭で強化されており、淡く輝いていた。

何度目かの交差で押し合いになりお互いの顔が近付く。

「ふはは、思っていたよりもできるな。その剣術は古流型だな？　とっくに使い手がいなくなったと思っていたが」

「くっ!」

力で押し込まれる、ランバルディには余裕があるようでこうして押し合っている間も笑みを絶やさない。

「温いわっ！」

力任せに剣を振るわれ押し戻される。靴が地面を滑り、バランスを崩した俺は左手をつく。

（【解析眼】）

俺はスキルを発動させるとランバルディのステータスを覗き見た。

名　前：ランバルディ
称　号：デーモンロード・竜殺し・超越者
レベル：2000
体　力：11100
魔　力：7000
筋　力：5600
敏捷度：5000
防御力：5000
ユニークスキル：シンクロ・魔王の威圧・全武器マスターLv10・スキル封印

「どうしたっ！　もうおしまいか？」

明らかに俺よりも強い、このままでは、打ち合っていたところで徐々に追い詰められていくだろう。だが、手がないわけではない。

「何がおかしい？」

俺の表情の変化を見て取ったのかランバルディが怪訝な顔をする。

「サラ、支援魔法を頼むっ！」

こちらには聖女のサラがいる。ここは聖魔法がもっとも生かせる【神域】だ。彼女の【ゴッドブレス】さえあれば互角に持ち込めるかもしれない。

「えっと……良いのでしょうか？」

ところが、戸惑いながらもサラはランバルディを見た。

俺はどうして彼女がそのような質問をしてきたのか疑問に思う。

「構わん、支援しろ」

「わかりました、それでは失礼して」

サラは納得すると意識を集中し始めた。やがて彼女の魔法が完成すると……。

「【ゴッドブレス】」

「なっ⁉」

ランバルディの身体が輝きを増した。

「くっくっく。こいつはいいぞ」

慌てた俺は、ふたたびランバルディのステータスを見る。

名　前：ランバルディ
称　号：デーモンロード・竜殺し・超越者
レベル：2000
体　力：11100＋11100
魔　力：7000＋7000
筋　力：5600＋5600
敏捷度：5000＋5000
防御力：5000＋5000
ユニークスキル：シンクロ・魔王の威圧・全武器マスターLv10・スキル封印

「一体……どうして？」

絶望的なまでに差がついたステータスを見た俺は呆然とする。なぜサラがランバルディに支援魔法を掛けたのか理解できなかった。

「不思議そうな顔をしているな、聖人エルト。どうして聖女が我にゴッドブレスを掛けたのか考えているのか？」

「まさかっ⁉　お前に操られて……？」

先程から奥に立つ人間がいる。あいつが洗脳か何かの能力でサラを操っているとしたら話の辻褄が合う。そう考えて、まずは奥の人間を排除しなければならないと思っていると……。

「生憎ですがエルトさん、それは間違いです」

サラは、はっきりとした意志を感じ取れる瞳をしていた。

「だったらどうして？」

その言葉と同時に彼女の瞳が揺れる。

「私には『聖女』以外にもう一つ肩書があるのです。私はデーモンロード直轄、四闘魔最後の一人【堕天】のサラです」

「嘘……だ……ろ？」

それは悪夢のような話だった。短い間だが、共に旅をしてきて笑い合い、時には困難を乗り越えてきた仲間だと信じていた。

そんな彼女が最後の四闘魔だったなんて信じたくない。

「一体どうして人間を裏切って悪魔族に？」

仮にも聖女にまでなった人物が悪魔族に与しているなど、到底納得できるものではない。俺がサラに質問をすると……。

「話してやれ」

ランバルディがサラに命じた。

「それは神殿が私の妹を殺したからです」

「妹を？　どう言うことなんだ？」

「エルトさんは聖女がどうやって生まれるか知っていますか？」

「それは……神殿が見出すということくらいしか……」

どのように選出するかについては、関係者以外知りえないはず。

「私と妹は孤児院で育ちました。両親はおらず、慎ましいながらも平穏な生活を送っていました」

両親がいない。俺もアリシアの両親がいなければ同じように孤児院に行っていたはずだ。

「ある日、私は素質を見出され、なされるがままに神殿へと連れていかれました。そこには私以外にも多くの少女が集められていました」

サラの告白に驚く。

「私たちは神力を得るために過酷な修行をさせられました」

当時を思い出したのか、サラの表情が歪む。

「それから長い年月が経ち、私は治癒魔法を極め聖女に選ばれたのです」

そこまで苦労して聖女になったはずがなぜ？

俺はサラが人間を見限って悪魔族に付いた原因が気になった。

「私が聖女になって最初にしたのは、妹に会いに行くこと。ところが、孤児院に戻った時には妹の姿はありませんでした」

「どうして?」

俺の問いに彼女は間を置く。これから言葉にすることが耐えがたいことであるかのように息を吐くと言った。

「邪神の……生贄に捧げられていたのです……」

その言葉に胸が締め付けられる。

「私が修行をしている間に、妹にもユニークスキルが発現したらしく、その年の生贄候補が神殿の高位神官の子供だったらしく身代わりにさせられたのです」

言葉が出なかった。大切な者を生贄に捧げられそうになった経験は俺にもある。

「私は絶望しました。聖女となり多くの人を救うことはできましたが、一番大事な妹を救うことができなかった」

彼女はそう言うと悲しそうな表情を浮かべた。

「私は考えました。なぜ妹は死ななければならなかったのか、なぜ邪神が野放しにされているのか、なぜ世界はこんなにも残酷で、弱い者に救いの手を差し伸べてくれないのか」

以前彼女が俺に言っていたことを思い出す。

この世界の善悪は自分たちを善側に置いた人間が決めたものだと。あの言葉は自分の体験からきていたのか……。

「私がこの世界の在り方に疑問を覚えていた時、ロードに声を掛けられたのです」

言葉が出ない。サラの境遇は俺やアリシアがなり得た境遇だったから。

「エルトさん、これは復讐なのですよ。妹を殺した邪神、それを良しとした世界、そして……妹を救ってくれなかったあなたに対する」

話している間にサラの表情から感情が抜け落ちていく。俺はそれでもなんとかサラに語り掛けた。

「確かに神殿の人間がしたことは許せないだろう、だけどお前は孤児院の子供たちに優しくしていたじゃないか！　世界を良くしようとするなら神殿の内部から変えることだってできるはず。まだやり直せる！」

こんな結末誰も望んでいない。俺が必死に言葉を続けるが……。

「まだやり直せる？」

サラは顔を上げる。

「ああ、そうだ」

俺はサラから目を逸らさない。彼女の気持ちは誰よりも俺が理解できていると思ったからだ。

だが、彼女は俺のそんな言葉を嘲笑った。

「無理ですよ……だって……」

サラは現れてからずっと沈黙を貫いていた人間の背後に回り、フードを外す。

素顔がさらけ出され、俺はその人間の顔を見た。するとそこにいたのは……。

「アリシア⁉」

漆黒のドレスに身を包み、虚ろな瞳をしたアリシアがそこに立っていた。

「私は既にエルトさんからかけがえのないものを奪ってしまったのですから」

アリシアの肩に手を置き、妖艶な笑みを浮かべたサラは楽しそうに笑い声をあげた。

「アリシア、心配したんだぞ！」

駆け寄り、アリシアの肩を抱いた俺は彼女に話し掛ける。

「…………」

だが、どれだけ揺さぶろうとも彼女が反応することはなかった。

「無駄ですよ、エルトさん」

「どう言うことだっ！」

俺はサラを睨みつける。

「彼女の右手をご覧ください。黒い宝石が付いた指輪があるでしょう？」

サラの言う通り、確かにアリシアは指輪を身に着けていた。

「それは古代の遺物（アーティファクト）【忘却の指輪】です。この指輪は記憶を膨大な魔力に変換することができます。想いが強ければ強いほど多くの魔力を生み出せますが、代償としてその記憶を失うのです」

「どうしてそんな物が彼女の指に？」

指輪に意識をやると、確かに恐ろしい魔力を感じる。サラの言っていることは本当のようだ。

「あなたと過ごした記憶を失うため。彼女は自ら望んでその指輪を身に着けたのですよ」

アリシアの目を見る。俺が見ていることに気付くと視線を合わせてくるのだが、その表情は動くことなく、まるで俺のことを知らないかのようだ。

「邪神を討伐してからというもの、あなたの周りにはたくさんの女性が集まっていました。エルトさんは知らないでしょう？　アリシアさんがそのことでどれだけ心を痛めていたのか」

初めて聞く話に俺はショックを受ける。アリシアがそこまで追い込まれていることに気付いてやれなかった自分の不甲斐なさを後悔した。

「これでわかったでしょう？　あなたは守れなかったんですよ。いえ、あなたが彼女を追い込んだのです。エルトさん！」

「なん……だ……と？」

サラから真実を聞かされた俺を、絶望が支配する。俺が立ちすくんでいると、ランバルディがつまらない者を見るように俺に侮蔑の視線を向けた。

「たかが女一人が記憶を失った程度でこのざまか。これでは我が相手をするまでもない。アリシア、片付けておけ」

「……はい」

次の瞬間、アリシアが動きを見せた。彼女は右手を俺に向けると……。

「【カースド……ライトニング】」

「ぐあああああああああああっ！」

漆黒の雷が放たれると俺の身体へと直撃した。

「くっ、こんな威力、アリシアに出せるはずが……」

どうにか身体を起こす。だが、ダメージは相当深く、身体中に痛みが走る。

「彼女は今も記憶を犠牲にして魔法を使っていますから。エルトさんへの想い出を消してエルトさんを攻撃する。なんて皮肉な運命なのでしょうね？」

サラはそう言うと口元に手を当ててクスクスと笑った。

俺はどうにかアリシアから放たれる魔法に耐える。

「アリ……シア……止めるんだっ！」

これは俺が犯した罪。忙しさを理由にして彼女の方を見なかった俺に対する罰だ。

「これ以上、魔法を使わないでくれっ！」

彼女が魔法を唱えるたび、漆黒の雷が俺を打つ。だけど、こんな痛み。アリシアがこれまで受けてきたものに比べたら大したことはない。

俺は一歩ずつ彼女に近付いていく。そして、どうにか彼女の前まで辿り着くと……。

「頼む、アリシア。目を覚ましてくれ！」

彼女の肩を掴むと訴えかけた。

「…………………う。…………………ト？」

反応がある、彼女はよろめき、一歩下がると胸を押さえた。

「ん、どうやら心の片隅にまだエルトさんとの記憶が残っているようですね？　連日あれだけの魔法を使っておいてまだ覚えているとは……。それだけ他人を強く想えるあなたが羨ましいです、アリシアさん」

ここにきてサラが表情を崩した。アリシアに対し、本気で驚いているようだ。

今ならアリシアも俺の言葉に反応している。もしかすると彼女の心を呼び戻すことができるかもしれない。

だが、そんな希望はランバルディによって消されてしまう。

「アリシアよ、苦しいか？　その苦しみの原因は目の前の男だ。そいつを消せばお前は苦しみから解放される」

「う………ううっ！」

その言葉にアリシアが唸り、俺にふたたび掌を向ける。

「【カースドライトニング】【カースドライトニング】【カースドライトニング】」

「うわあああああああああああああああああっ！」

連続で放たれた魔法で俺の身体中に絶え間ない痛みが走った。

「……はぁはぁはぁはぁはぁはぁ」

魔法が止み、アリシアが息を切らせている。

「無様だな、聖人エルト」

ランバルディは手をかざすと、光の輪を四つ生み出し、それを飛ばしてくる。

「くっ！」

輪は俺の両手両足に嵌ると、浮かび上がり俺の身体を拘束して見せた。

「どうしたアリシア、お前の恨みはこの程度か？　休まず、絶えず魔法を使い続けるのだ」

「…………くっ」

アリシアは顔を上げると苦悶の声を漏らす。

「【カースドライトニング】」

「ぐわああああああああああああああああああっ！」

そして、ふたたび魔法を唱えると俺に雷を浴びせ続けた。

「どうだ、聖人エルトよ。まだ生きているのか？」

どれだけの時間が経っただろうか？

気が付けば魔法が止まり、アリシアは魔法を使いすぎて限界を迎えたのか地面へと伏している。

俺はそんな彼女から視線を外すと、ランバルディを睨み付けた。

「ほぅ、そんななりになってもまだそのような目で我を見るか」

「はぁはぁはぁはぁ」

俺の顔をよく見ようとランバルディが近付いてくる。

「どうした？　何か言いたいことがあるなら言ってみろ？」

もう少し……、もっと近付いてこい。

「………」

「どうした、聞こえぬぞ。声も出なくなったのか」

口を動かし喋る振りをしたところ、お互いの息遣いが伝わる距離までランバルディが近付いてきた。

「………ム」

「どうした、もっとはっきりと声を出せ、聖人エルト」

両手両足を拘束しているせいか、完全に油断している。俺は余裕の笑みを浮かべたランバルディに向けて、

「……イビルビーム」

「何っ!?」

次の瞬間、俺とやつとの間に黒い波動が出現する。

「その体勢でどうやって⁉」

ランバルディの顔に焦りが生まれる。邪神がイビルビームを放つ時は杖を使っていたが、俺は別に杖を介してスキルを発動させているわけではない。

あくまで【ストック】を解放しているだけなのだ。俺は、ずっとランバルディが無警戒に近付いてくるのを待っていた。

「くっ！」

両手を胸の前で交差し、初めてランバルディが防御の態勢をとる。

「もう遅いっ！」

俺はランバルディに向かってイビルビームを放った。

「うおおおおおおおおおおおおおっ！」

漆黒の光がランバルディの胸元へと到達する。この距離なら間違いなくやつを倒すことができる。

「行けえええええええええええっ！」

これまですべての敵を一撃で葬り去ってきた邪神最強の必殺技だ。俺はランバルディが倒れるのを待っていた。だが……。

「はぁはぁはぁはぁ……これでお前は切り札を失ったな、聖人エルト」

イビルビームが消えた後も、やつはその場に立っていた。

「い、一体……どうして？」

確かにイビルビームはランバルディに直撃した。俺みたいにストックしたわけでもなく、避けたわけでもない。事実、目の前に立つランバルディは傷ついている。

サラから治癒魔法が飛んできてランバルディの傷が治る。

「流石は邪神最高の必殺技だ、これまで生きてきた中で一番のダメージだったぞ」

「まさか……耐えたというのか？」

邪神の説明では『古代竜だろうと不死鳥だろうと神でさえも滅ぼす』と言っていた。ランバルディはその攻撃に耐えて見せたというのだ。

「どうして我が生きているのかわからないといった顔をしているな。いかに邪神の必殺技とはいえ、あらかじめ撃たれるとわかっていれば対処できなくはない」

ランバルディの言葉を聞いて俺は考える。これまでイビルビームを食らって生き残った者は存在しない。邪神とて自分の技の前に消滅して見せたのだ。

「もしかして……この空間のせいか？」

「どうやら気付かれたようですね、この神域と呼ばれる聖属性で満たされた場所は私とアリシアさんの二人で用意しました」

答え合わせをするようにサラが話し始めた。

「元々私は彼女に頼まれて聖魔法を伝授していたのですが、彼女が『サンクチュアリ』を使えるようになったのは嬉しい誤算でした。あなたの役に立ちたいという気持ちから彼女は血のにじむような努力をしていましたので、そのお蔭でしょう」

今サラが言ったのは聖域を作り出す魔法のことだ。聖属性を強めることで、聖杯ほどではないが闇魔法や悪魔族の力を削ぐ空間を作ることができる。

「そうやってサンクチュアリを何度も唱えることでこの場を神域まで高め、イビルビームの力を半減させた？」

サラの言葉の意味を補足する。

「その通りだ、聖人エルトよ」

俺の言葉にランバルディは頷いて見せた。

「だが、神域では悪魔族もその力を半減させるはず。いくらイビルビームの威力を半減できたからといって、自身を弱体化させては本末転倒じゃないのか？」

実際、これまでの十三魔将と四闘魔は俺の聖杯を封じ込める作戦を展開してきたくらいだ。

俺は改めてランバルディを観察する。すると、奇妙なことに気付く。

「なぜ聖気を纏っているんだ？」

悪魔族が好むのは瘴気。相反する聖気に打ち消されるはずが、それを身に纏うなどあり得ない。これには何か、からくりがあるはず……。

「まさか、ユニークスキル？」

やつのステータスを覗いた時こんな名前のスキルがあった。

「……シンクロ」

「正解だ。我のユニークスキルは【シンクロ】。あらゆる属性と自分の身体を同調させることができる能力だ」

俺はそこまで聞かされて、イビルビームに耐えられた理由に辿り着いた。

「神域ではあらゆる闇属性の攻撃は威力を半減する。だが、我はシンクロを使って自身に聖属性を纏わせることができるので、逆に神域でも力を増すことができるのだ」

今まで俺は聖杯を用いることで悪魔族を弱体化させて戦いを有利に進めてきていた。だが、ランバルディは俺の攻略法そのものを無効化する手を繰り出してきた。

「イビルビームは確かに強力だ。まともに食らえば我とて無事では済まないだろう。だが、こうして聖属性で身体を強化し、イビルビームの威力を半減させれば十分に耐えることが可能！」

ランバルディは最初から油断などしていなかった、俺が持っているやつを倒すことが可能な唯一のスキルに絞って対策を練っていたのだ。

先程の攻撃で手足の枷は消滅している。俺は走って神剣ボルムンクを拾い、構えると、

「まだ……負けたわけじゃない」

ここで倒れると世界はこいつの手に落ちてしまう。

「うおおおおおおおおおおおお！」

俺は叫びながらランバルディーに斬りかかった。

――ドカッ――

「げはっ！」

あれから、どれだけの時間が経っただろう？

俺はもうろうとする意識の中、何とか立ち上がる。

「なぜまだ立ち上がる？　勝ち目もなく、万策も尽き果てたはずだろうっ！」

「ぐっ！」

顔を殴られて倒れる。パーフェクトヒールで回復しようにも、やつが持つ【スキル封印】の効果によって使うことができない。向こうにはサラがいるので支援をもらい放題で、傷を負ってもすぐに治癒魔法が飛んでくる。

今までの戦いで一番の苦戦を強いられ、俺にはもはや勝ち筋を見つけることができなくなっていた。

「いい加減諦めろっ！」

腹を蹴り上げられて転がる。

「げほっ！　ごほっ！　うう……」

腹を蹴られたせいで、呼吸が止まりむせてしまう。

転がった際、懐から何かが零れて滑っていくのが視界に映った。

俺は滑っていった物を追いかけるように視線を向けた。

「アリシア……」

そこにはアリシアが倒れていた。ランバルディの命令で俺に魔法を使い続け、意識を失っているようだ。

せめて、彼女だけでもどうにか救いたい。そんな思いで見ていると……。

「アリシア？」

彼女の左手の指がピクリと動いた気がする。その指先には俺がずっと持ち歩いていた首飾りが触れていた。

「ううう？」

アリシアがその首飾りを拾い上げる。

「目覚めたか、アリシアよ」

その動きにランバルディも気付く。

彼女はふらつきながら起き上がり、首飾りを見ている。それは過去にアリシアが俺に贈ってくれた首飾りだった。

「なんだ、そのちんけな首飾りは。アリシア、破壊しろ！」

「よ、よせっ！」

これまでと同じように、アリシアがランバルディの命令を実行してしまう。そう思い、手を伸ばす。

「アリ……シア？」

「ううう……ううう……」

彼女は首飾りを抱きかかえた。

「何をしているっ！　我は破壊しろと言ったのだぞ！」

ランバルディがふたたび命じるが、動かない。

サラが回り込んでアリシアの様子を確認した。

「どうして、泣いていらっしゃるのですか、アリシアさん？」

顔を上げたアリシア。目からは涙が零れ、頬を伝い地面を濡らしていた。彼女の瞳に感情が戻っており、何やら声が聞こえる。

「嫌だ……壊したくない……駄目！　誰か……助けて……助けて…………」

「アリシア、俺がわかるかっ！」

「えっ？」

呼びかけに応じて彼女がこちらに振り向く。

「よしてくださいっ！　彼女は今、精神のバランスを大きく崩しています。無理やりに感情を揺らそうとすれば……」

「アリシア。いいからそのおもちゃをこちらに渡せっ！」

「駄目だ、アリシア！」

俺とランバルディの声が同時に響く。

「あああああああああああああああああああああああああ！！！」

次の瞬間、アリシアの身体から光が溢れ、音を立てて倒れた。

サラが近付きアリシアの様子を確認する。

「どうやら、自我が耐えきれなかったようですね」

残念そうに首を横に振る。

「ロード。もうよいでしょう？　そろそろ終わりにしましょう」

ランバルディが冷めた目で近付いてくる。その手には剣を持っていて、俺に止めを刺すつもりのようだ。

すべての攻撃を無効化され、アリシアまで失ってしまった俺にはもはや縋るべきものがない。

俺は目を瞑り最後の時を待っていると……。

――パキッ――


何かが壊れる音がした。

「えっ？　忘却の指輪が壊れたのですか⁉」

アリシアが嵌めていた指輪が砕け散り、灰となって消えた。

「馬鹿な、あの指輪は記憶を魔力に変換することで対象を操り人形に変える。それがどうして壊れるのだ！」

想定外の事態にランバルディが声を荒らげてサラを怒鳴りつける。

その時、俺の視界で確かに何かが動いた。

「う……ここ……は……？」

奇跡が起きた。アリシアは死んでなどおらず、頭を押さえると周囲を見渡した。

「エル……ト？」

「アリシア、俺がわかるのか？」

俺は近付くとおそるおそるアリシアへと触れる。

「うん、わかる……わかるよっ！　エルト！」

「アリシア、良かったっ！」

俺は彼女を抱き締める。

「それにしても、どうして記憶が戻ったんだ？」

サラが嘘を付いている様子はなかった。

「それが、わからないの。ただ、この首飾りを見た瞬間、胸が熱くなってエルトへの想いが溢れ出してきたの」

彼女が手にしているのは幼いころに俺に贈った首飾り。これがきっかけで記憶が呼び起こされたのだろうか？

いつの間にかアリシアの手が伸び、俺の頬に触れていた。

「こんなに……傷だらけになって……。私が治してあげるね」

次の瞬間、パーフェクトヒール並みの治癒魔法が俺の全身を駆け巡った。

「まさかっ！　あの重傷を一瞬で治癒したのですか⁉」

サラが驚愕して叫んだ。

「ごめんなさい、エルト。私が弱かったから、そのせいでこんなに傷ついたんだよね？」

忘却の指輪が壊れたことで、これまでのことを思い出したらしい。彼女は涙を浮かべながら俺に謝る。

「こっちこそごめん。アリシアをたくさん傷つけてしまった」

失いそうになってようやくわかった。彼女は俺にとって特別な存在だったということに。

「サラ、どう言うことだ？」

ランバルディがサラを怒鳴りつける。

「私にもわかりかねます。ただ、本来ならあり得ない奇跡が起きたとしか……」

「奇跡だと？　そんなこと起こるはずがないわっ！」

次の瞬間、力が湧き上がってきた。俺の身体を膨大な量の聖気が纏い始める。

「何っ⁉」

アリシアが傍にいてくれる、その安心感が力に変わるのがわかる。

「これなら戦える！」

「エルトは私が助ける。【ゴッドブレス】」

温かい手が触れ、俺の力が増幅されていくのを感じた。

「それがどうしたっ！　こっちにも支援魔法は掛かっている！　貴様本来の力では我に勝てないのは理解できているはずだろうがっ！」

確かにランバルディの言う通り。同じ支援魔法を受けている以上、本来の実力差を埋めることはできない。だが――

「認めるよ、俺一人じゃ絶対あんたにはかなわない」

――俺はリノンの言葉を思い出す。

『自分だけで何でもできるとうぬぼれるな。仲間に頼ることは弱さではない』

俺は親しい人間を危険に晒したくなくて皆を遠ざけた。その結果、アリシアを救えないところだった。

俺は遮断していたマリーとのパスを復活させる。

「マリー聞こえるかっ！」

『はいっ！　なのですっ！』

「お前の力を俺に送ってくれ」

『わかったのです！』

精霊からの力の供給。これにより俺の力が一時的に倍増する。

『行くのですっ！』

マリーの返事とともに力が送られてくる。

「これは……思っているよりきつい」

元々の器以上に力が入ってくるのだ、暴走しないように制御するので精一杯だ。

『なんかローラがどんどん力を注いでくるので、それも一緒に送っているのです』

『エルト様、無事に生き延びて帰ってきてください。お姉様も私もセレナも伝えたい言葉があるのです』

力と一緒にローラの声も伝わってくる。

「馬鹿な、このような力……あり得ぬ」

とっくに限界を超えてなお膨れ上がる力。アリシアが背中を支えてくれ、ローラが、マリーが、セレナが、アリスが俺を信じてくれている。

神剣ボルムンクの剣先から光が伸びる。俺はそれを振りかぶると、

「これで……終わりだっ！」

ランバルディも力のすべてを振り絞って剣へと込めていた。

「終わるのは貴様だっ！　聖人エルトっ！」

二人の力がぶつかり合う。

「なにっ！」

皆の力を集結させた一撃は、今やランバルディと完全に互角となっていた。

「くっ！　あと少し……」

ほんの少しで良い。均衡を崩す力が欲しい。目の前ではランバルディが必死の形相を見せている。向こうも余力がないようだ。

「くっそおおおおおっ！」

マリーたちから送られてくる力の出力が少し落ちたのがわかった。

ランバルディもそれに気付いたのか、うっすらと笑みを浮かべる。

このままでは押し負け、この場のパワーがこちらに流れてしまう、そう思った瞬間。

「私がエルトを助けるっ！　【ホーリーライトニング】」

「ぐああああああああああっ！」

アリシアが白い雷を放つと、ランバルディが叫び声をあげた。

「いけるっ！」

アリシアが作ってくれたチャンスだ。

「こ、こんな……ばかな……」

俺の剣が徐々にやつの剣を押し込んでいく。

「我が……貴様のような……人族に……敗れるわけが……」

次の瞬間、完全に均衡が崩れると光がランバルディを包みこみ爆発が起こった。


「くっ……アリシア、どこにいる？」

最後の衝撃で洞窟が崩れてしまい、アリシアを見失ってしまった。

「エルト、こっちだよ」

「良かった、無事だったか」

煙が晴れるとアリシアが姿を現す。

「それにしても凄い衝撃だったね」

アリシアは俺の近くまでくると周囲を見渡して周囲を警戒する。

「ああ、皆の力が合わさったせいで、ここまでの威力になったようだ」

マリーを通して送られてきた力にはローラの、アリスの、セレナの想いが詰まっていた。

「ランバルディは滅んだのかな？」

「ああ、間違いなく」

最後に光に飲み込まれていくランバルディの姿を確認した。俺とやつのすべてを振り絞った威力を受けたのだ。あれで生き残るのは不可能だろう。

「そう言えば、サラさんは？」

アリシアに言われて周囲を見渡すが姿は見つからない。

「彼女は離れた場所にいたからな、おそらく巻き込まれてはいないだろう」

姿が見えないということは、どこかに隠れたか？

いずれにせよ、こちらには追い駆ける力も残っていない。悔しいがここは諦めるしかないだろう。

今は二人揃って生きていることを喜ぼう。

「帰ろうか、アリシア」

「うんっ！」

俺が手を差し伸べると、彼女は嬉しそうにその手を取った。

エピローグ

「『このたびは、御迷惑をお掛けしてしまい、誠に申し訳ありませんでした』」

俺とアリシアの声が完全にはもり、俺たちは頭を下げるとその場の全員に謝った。

「本当にね、すっごい迷惑だったんだから」

アリスは腕を組むと俺たちの前に立ち、上から睨み付けてくる。

俺とアリシアは絨毯の上で正座をしており、アリスとローラ、それにセレナとマリーが周りを囲んでいた。

「そんなこと言って、アリスが一番二人のことを心配していたのですよ」

「そ、それは……、アリシアは親友だし。エルト君だって、なんだかんだで危なっかしいところがあるし……」

マリーにバラされたせいか、アリスは顔を赤くするとぶつぶつと呟く。

「それで、デーモンロードは倒したのよね？」

気を取り直したアリスはランバルディの生死について俺に確認してきた。

「ああ、間違いなく倒した」

戻る前に、もしかするとと思ってステータスを開いてみたら、レベルが少しだけ上がっていたのだ。

あれ程の強敵だったのだから、もう少し上がっていてもおかしくないのだが……。

「結果だけ聞けば良かったですけど、置いて行かれた件に関しては許すつもりはありません」

「そうね、特にアリシアは私たちに散々心配かけたんだから」

「ご、ごめんなさい」

ローラとセレナが険しい目付きをしている。この二人の様子からして相当心配してくれたのだろう。

「今回ばかりはマリーも怒っているのです。御主人様は反省して欲しいのですよ」

「悪かったって……」

マリーにまで責められた俺はとうとう音を上げた。

「そういえば、皆身体は平気なのか？」

マリーを見て思い出した。最後の戦いで俺は彼女たちから力をわけてもらっていた。本来は精霊使いと契約精霊で行う魔力の受け渡しに参加したので、身体に異常が出ている可能性を考えたのだが……。

「ん、どこも問題ないわよ。むしろ、力が溢れてくる感覚があるのだけど？」

「あっ、それ、私もよ」

「マリーも調子が良いのです」

「実は私もなんだけど……?」

アリスがそう言うと、セレナもマリーもアリシアもそう訴えかけてきた。

「実は私もです。エルト様、何かされたのでしょうか?」

「いや、特に何もしてないけど……」

ローラの疑うような視線が突き刺さった。

「まあいいじゃない。調子が良いんだから」

セレナが楽観的に締めくくる。

こうして無事に帰ってこれたのだ、細かいことは良いだろう。

「それにしても、サラがデーモンロード側だったなんて驚きね」

セレナがそう呟く。

皆には洞窟で起きたことについて、すべて話してある。

「この件は神殿を通して報告してありますから、彼女は指名手配されております」

もし生きていたとしても捕まるのは時間の問題だ。

「それより、エルト様、アリシア。今回の件は御二人のすれ違いによるところが大きいとローラは考えています」

「本当にその通りだ。面目ない」

今回の件は、俺が今後どうしたいかについて皆に話さなかったことが原因だろう。

あの時、アリシアのキスをただ避けるのではなく、理由を伝え話し合うべきだった。

「私もごめんなさい」

アリシアも謝る。彼女も、俺に話せないにしても、アリスかセレナに相談していれば良かったと後悔しているのだ。

「エルトがいなくなってしまってから、私たちも話し合ったのよ。もっとエルトとアリシアのことを気にかけていれば良かったって」

セレナはそう言うとアリシアの手を取る。

「つまり、反省すべきは二人だけじゃなくて、この場の全員なのよ」

アリスがそう言うと、皆も一斉に頭を下げた。

「それで、今後このようなことが起こらないようにローラたちは対策を考えたのです」

「対策って？」

俺は首を傾げるとローラに問い掛ける。

「これからはお互いに言いたいことを言い合いましょう。それぞれが自分の気持ちを隠していたせいで悪魔族に付け入られたのです。今後は些細なことでも構いませんので、エルト様とアリシアの考えを聞かせてください」

それは、先日ジャムガン様にも言われた内容だ。

ローラは胸を張ると、ドンと来いとばかりに笑って見せた。

「そうだな、これからは何でも相談するよ」

「私もそうするね」

迷惑を掛けた俺とアリシアは二人同時に頷いて見せる。すると……。

「それでは、早速ですが、私とお姉様から一言申し上げたいことがございます」

「「えっ？」」

ローラの言葉に、俺とアリシアは面をくらった。

「ささ、お姉様もこちらに。あっ、御二人はもう立っていただいて構いません」

ローラの指示に従い立ち上がると、俺の前にアリスとローラが立っていた。

「えー、私。イルクーツ第一王女のアリスと」

「同じく、イルクーツ第二王女のローラは」

二人は宣誓でもするかのように言葉を続ける。そして瞳を潤ませ俺を見つめると二人同時に、

「「エルト（君）（様）を愛しています」」

「嘘っ⁉」

隣でアリシアが驚き、口元を手で覆う。

あまりに突然の告白に俺があっけにとられていると、ローラが身体を寄せてきた。

「と言うわけで、私もエルト様争奪戦に参戦させていただきますので、覚悟してくださいませ」

「アリシア、これからは親友兼ライバルよ。覚悟してちょうだい」

宣言通り、本音をぶつけてくる二人。アリシアが呆然としていたのは短い時間だった。

彼女は二人を見ると、

「私だって負けません。だって、私はエルトのことが――」

二人への宣戦布告を行うのだった。


「やっと解放されたね」

アリシアは腕を伸ばすと身体を逸らし、目を瞑った。

「まさか、あの二人に告白されるとは思っていなかったぞ」

現在、俺たちはアリシアの家に向かっている最中だ。色々あったので、彼女の両親にも謝らなければならない。

「そう言えば、忘却の指輪のせいで記憶を失っていたみたいなんだが、どうして俺のことを思い出したんだ？」

強い思いを魔力に変換するとサラが言っていた。俺は不思議に思い聞いてみる。

「それはね、エルト」

彼女は俺に顔を近付けると口付けをしてきた。

いつか拒絶してしまった唇が俺を求めてくる。俺はいきなりのアリシアの行動に戸惑いを覚え固まっていたのだが……。

彼女は唇を放すと口元に指で触れ、

「私の記憶のほとんどがエルトとの想い出だったから、どれだけ魔力に変換しても消えなかったんだよ」

眩しい笑顔を俺に見せてくれるのだった。

本書に対するご意見、ご感想をお寄せください。

あて先

〒162-8540 東京都新宿区東五軒町3-28
双葉社　モンスター文庫編集部
「まるせい先生」係／「チワワ丸先生」係
もしくは monster@futabasha.co.jp まで

MONSTER bunko

生贄《いけにえ》になった俺《おれ》が、なぜか邪神《じゃしん》を滅《ほろ》ぼしてしまった件《けん》③

Mま02-03

2022年8月31日　第1刷発行

著者　まるせい

発行者　島野浩二

発行所　株式会社双葉社
〒162-8540
東京都新宿区東五軒町3-28
電話　03-5261-4818(営業)
　　　03-5261-4851(編集)
http://www.futabasha.co.jp
(双葉社の書籍・コミック・ムックが買えます)

印刷・製本所　三晃印刷株式会社

フォーマットデザイン　ムシカゴグラフィクス

ISBN978-4-575-75308-0　C0193
Printed in Japan

モンスター文庫

Author ぺもぺもさん
Illust マシマサキ
1
初級魔術
マジックアローを極限まで鍛えたら
初級魔術マジックアロー。多くの魔術師が最初に覚える魔術。貴族の長男として生まれたアルベルト・リュミナスは優秀な弟と比較される苦しい日々を送っていたが、幼いながらもマジックアローを使うことができた。自身の才能を信じて魔術学院に進むも、それ以外の魔術を何も習得できなかった。失望した両親に見捨てられたアルベルトだが、諦めずにマジックアローを磨き続ける。それから十年。学院の入試を受けようとする白髪の少女ローラと出会い、止まっていたアルベルトの運命が動き始める——！使える魔術の数こそが実力とみなされる世界で常識はずれのマジックアローだけで成り上がっていく英雄の物語。ここに開幕！
モンスター文庫

発行・株式会社　双葉社

モンスター文庫

極点の炎魔術師
～ファイアボールしか使えないけど、モテたい一心で最強になりました～
vol.1
シクラメン
ill.ミユキルリア
“最強”を目指す貴族の一族に生まれたイグニ。彼は12歳の誕生日に行われた『適正の儀』にて、初級魔法のファイヤボールしか使えないことが明らかになり、実家から追放されてしまう。町で虐げられながら生活するイグニだったが、かつて“極点”と呼ばれ、最強の一角だった祖父と再会したことで、彼の運命が変わる！“モテたい”一心で、最強に至った少年による学園マジックファンタジー、ここに開幕！
モンスター文庫

発行・株式会社　双葉社